KB078490

무한 레벨업

현윤 퓨전 판타지 소설

FUSION FANTASTIC STORY

무한 레벨업 1

현윤 퓨전 판타지 소설

초판 1쇄 찍은 날 § 2016년 4월 19일
초판 1쇄 펴낸 날 § 2016년 4월 26일

지은이 § 현윤
펴낸이 § 서경석

편집책임 § 이재림

펴낸곳 § 도서출판 청어람
등록번호 § 제387-1999-000006호
등록일자 § 1999, 5, 31
어람번호 § 제1-2410호

주소 § 경기도 부천시 원미구 부일로 483번길 40 서경B/D 3F (우) 14640
전화 § 032-656-4452 팩스 § 032-656-4453
http://www.chungeoram.com
E-mail §chungeorambook@daum.net

ISBN 979-11-04-90769-2 04810
ISBN 979-11-04-90768-5 (세트)

목차

프롤로그

　서기 660년, 백제왕조 치세 678년 만에 나라가 멸망했다.

　백제의 수도 사비성이 함락되고 난 후 마지막 왕 부여 의자가 항복하면서 백제는 그 화려하던 역사에 종지부를 찍고 말았다.

　나라가 국권을 잃은 후, 아리수에서부터 새금에 이르는 모든 영토가 난민으로 가득 차게 되었다.

　특히나 나당 연합군과 백제군의 최고 격전지이던 사비성 인근은 거의 초토화가 되어버렸다.

　사비를 시작으로 웅진, 노사지, 소비포, 우술 등 수많은 현과

성이 폐허로 변해 버린 것이다.

격전지 소비포현, 이곳은 현재 신라 장수 남찬이 군정을 구축한 곳이다.

신라의 군졸들은 소비포현에 속한 가택과 관아의 창고를 모두 이 잡듯이 뒤지고 있었다.

"샅샅이 뒤져라!"

"예!"

지금까지 수많은 사람을 죽이고 마을을 불태운 것으로도 모자란 것인지 그들은 불에 잔뜩 그슬린 초가삼간까지 죄다 뒤적거리고 있었다.

하지만 그들은 좀처럼 자신들이 원하는 물건을 찾을 수 없었다.

"장군, 아무래도 말씀하신 목함은 이미 불에 타 없어진 것 같습니다!"

"…불에 타 없어졌다?"

"아직 소실되지 않은 가옥과 관아를 모두 다 뒤졌습니다만, 말씀하신 물건은 찾을 수 없었습니다."

"뒤로 빼돌렸을 가능성은?"

"갑천을 타고 웅진강을 따라갔거나 북쪽 신탄진에서 배마강으로 갔을 수도 있습니다."

"흠……."

남찬은 이곳을 점령하면서 가보로 전해져 내려오던 '홍각'을 계속 찾아다니고 있었다.그가 전장에서 일평생을 보낸 것은 이 홍각을 구하기 위해서였다.

4대조 남성은 관산성 전투에서 신라가 대승을 거둔 후 회군하던 도중에 백제군 잔당에게 기습을 당하여 홍각을 강탈당했다.

그리고 그 이후 100년을 넘도록 이 홍각을 찾는 남씨 일가의 노력은 계속되었다.

하지만 전쟁이 끊이지 않던 당시의 정황으로 인하여 단 한 번도 홍각은 찾을 수가 없었다.

홍각은 남씨 일가의 시조 남평이 율도에서 구해온 것이다.

당시 율도에는 이 홍각을 마치 신주 단지처럼 모시는 사원이 있었다.

이 사원은 세상천지 어느 곳에서도 목격되지 않은 양식과 형식을 가진 곳이었다.

중원과 왜에서도 이런 양식의 사원은 볼 수가 없었으며, 심지어 파식과 대식의 상인들도 그러한 양식은 본적이 없다고 말했다.

남평은 이것을 가지고 돌아와 연구하고 가꾸었으며, 종국에는 목함에 푹 빠져 밖으로 출입을 전혀 하지 않는 지경에 이르렀다.

사람들은 이 목함이 과연 무엇일까 많은 생각을 해보았지만 정확한 용도는 알 수가 없었다.

하지만 한 가지 확실한 것은 남평이 목함을 가지고 방으로 들어가 처박힌 후엔 반드시 요상한 물건을 가지고 나왔다는 것이다.

심지어는 목함 안에서 첩을 한 명씩 데리고 나와서 지금의 일가를 이루었다는 소문도 있었다.

일이야 어찌 되었던 간에 시조가 정신을 못 차릴 만큼 아끼던 물건이니 남씨 일가는 이것을 가보로 여기고 대대로 지켜왔던 것이다.

그런데 4대에서 이 대가 끊어지게 생겼으니 집안에 난리가 나는 것도 무리는 아니었다.

남찬은 이번 전쟁에서 반드시 승리하여 가보를 되찾겠다는 결의를 다졌고, 결국 그는 백제를 함락시키는 데 일등 공신이 되었다.

그러나 문제는 백제를 굴복시켰어도 홍각은 찾을 수가 없었다는 것이다.

"…빌어먹을, 40년 인생이 무상하구나."

"장군, 그만 포기하시는 편이……."

남찬은 여기서 포기할 수가 없었다.

"기수를 돌려 남으로 내려간다."

"나, 남으로 말입니까?"

"새금 앞바다에 빠져 죽을지언정 결코 포기는 없다. 알겠나?"

"예, 장군!"

남찬은 계속해 피난 행렬을 따라 남쪽으로 향했다.

*   *   *

옛 백제 사비성 남부 백마강.

첨벙첨벙!

"푸하! 푸하!"

한 사내가 신라군의 추격을 따돌리기 위해 백마강에 몸을
던졌다.

그리고 절벽을 따라 끝도 없이 헤엄쳐 마침내 백마강 하류까
지 온 것이다.

"허억! 허억!"

그는 지금까지 도망 다니면서 상당히 많은 기력을 소모하였
다.

그런 그가 강에 몸을 던지면서까지 도피하려는 까닭은 바로
이 작은 목함 때문이었다.

사내는 의문의 돌이 붙어 있는 목함을 마치 자신의 목숨처

럼 소중히 여기고 있었다.

"…반드시 지켜야 한다. 반드시!"

이 목함은 무려 500년 전에 처음 이 땅에 왔다.

사내는 목함을 지키기 위해 율도에서 조직된 한평 가문의 장남이었다.

그는 이 목함을 찾기 위해 전쟁도 불사하고 이곳으로 왔다.

목함은 인간이 꿈꾸는 모든 것을 현실로 이뤄주는 신묘한 능력을 가지고 있었다.

이것을 가진 사람이 꿈을 꾸면 목함 내에 있는 무한한 아공간에 미지의 힘이 발현된다.

그 힘은 목함을 가진 이의 꿈을 아주 구체적이고 세세하게 발현시켜 아공간을 꾸며나가게 되는 것이다.

만약 누군가 세계를 지배하는 꿈을 꾼다면 목함 안에서 그대로 이뤄질 것이요, 금은보화로 만들어진 대지를 원한다면 그렇게 될 것이다.

이 세상 그 어떤 것이든 간에 목함에선 무엇이든 현실로 이뤄지는 셈이었다.

그런데 문제는 이 목함에서 일어난 일들의 부산물이 일부 외부로 반출되어 현실에 반영되기도 한다는 것이었다.

사악한 인품을 지닌 악인이 이 목함을 갖게 된다면 전 세계를 불바다로 물들 수도 있는 것이다.

사내는 목함 겉에 붙어 있는 판판한 돌을 계속해서 만지작거렸다.

"남평, 이 불한당 같으니! 그동안 네 개나 되는 석판을 소모한 것인가?"

이 목함이 홍각이라 불린 것은 원래 다섯 개의 붉은 석판이 목함에 붙어 있었기 때문이다.

사람이 목함 안의 아공간을 자신의 꿈으로 대신하는 순간, 석판은 하나씩 사라지고 만다.

지금 남씨 일가가 이렇게 거대한 부를 이룩한 것은 모두 남평이 석판을 이용했기 때문이다.

꿈을 꿔서 아공간을 무언가로 채운 후 그 안에서 재물을 빼왔을 가능성이 높았다.

이제 남은 석판은 단 한 장. 사내는 이것을 지키기 위해 자신의 목숨이라도 기꺼이 바칠 것이다.

하지만 그가 아무리 목숨을 바친다고 한들 끝까지 목함을 지키긴 힘들어 보였다.

"저놈 잡아라!"

"허, 허억! 어느새 여기까지?"

벌써 그를 따라 칠 주야를 쫓아온 신라 병사들은 그의 등에 마구잡이로 살을 쏘아댔다.

펑펑펑!

푸욱!

"크헉!"

잘못해서 어깻죽지를 맞은 그는 곧장 백마강 줄기에 고개가 거꾸로 쑤셔 박히고 말았다.

<u>꼬르르르륵!</u>

가뜩이나 몸에 힘이 빠져 있던 그는 더 이상 밖으로 떠오르지 못한 채 물속에서 허우적거릴 수밖에 없었다.

"우웁! 우웁!"

결국 그는 물속에서 그 숨을 다했고, 시신의 등에 매달려 있던 목함은 서서히 강바닥 아래로 가라앉고 말았다.

제1장

힘든 세상

늦은 여름, 장대비가 쏟아져 내리고 있다.

쏴아아아아!

시간당 100㎜가 넘게 내리는 엄청난 폭우가 연일 불어 닥치는 바람에 온 세상은 그야말로 물난리를 겪고 있었다.

서울 우이동 단칸방에 살고 있는 하진은 이 폭우를 가장 뼈아프게 이겨내는 중이다.

똑똑.

허름한 옥탑방의 천장은 자꾸 물이 떨어져 내려서 곰팡이가 핀 지 오래였고, 양동이를 열 개나 가져다 놓아도 모자랄 지경으로 물이 샜다.

쪼르르르.

공사를 잘못해서 기울어진 방으로 물이 떨어져 하진이 앉은 구석까지 흘러내려 왔다.

하지만 하진은 아랑곳하지 않았다.

그는 그저 입으로 소주를 가져다 꽂아놓을 뿐이다.

꿀꺽꿀꺽!

"크흐."

하진은 옆에 놓인 한 중년인의 사진을 바라보았다.

"……."

그는 어깨에 금색 별 두 개를 달고 있었으며, 하진은 소령 계급장을 어깨에 매단 채 그의 곁에서 환하게 웃고 있다.

하진은 이 상황이 도저히 믿어지지 않는다는 듯 웃었다.

"…도대체 뭐가 어떻게 된 것일까? 어쩌다 이 지경까지 흘러온 거지?"

사람들은 하진의 집안사람을 두고 뼛속까지 군인이라고 했다.

최연소 장군을 아버지로 둔 하진은 그의 뒤를 따라 육군사관학교에 입학하여 특전사 소위로 임관하였다.

그 이후 그는 파병지에서 실전 경험을 쌓고 파죽지세로 진급하여 육군 최연소 소령이라는 영예를 차지했다.

그 이후 하진은 뛰어난 자질과 재능을 인정받아 군사령부로 이전, 출세 가두를 걷고 있었다.

지금까지 그가 밟아온 발자취로 보았을 때, 아버지 김진성 소장을 뛰어넘을 것이라는 견해가 나오기도 했다.

그 아버지에 그 아들, 아버지는 이것을 가문의 영광이라며 동네방네 자랑을 하며 돌아다녔다. 그리고 아들 또한 아버지를 존경해 마지않았다.

한마디로 하진의 집안은 성공한 군인 집안이었던 것이다.

하지만 이 가문이 몰락한 것은 순식간이었다.

1년 전, 하진은 뜬금없이 아버지 김진성 소장의 잠적 소식을 들었다.

그는 어느 순간 갑자기 자취를 감추어 버렸고, 헌병들은 그의 행적을 찾기 위해 불철주야로 노력했다.

그러나 반년이 지나도록 헌병들은 그를 찾아내지 못했다.

결국 이 사건은 경찰에 넘어가게 되었는데, 경찰이 이 사건을 수령하면서부터 뜻밖의 사실이 밝혀지게 되었다.

김진성 소장이 방산 비리에 연루되어 스스로 군에서 나가 버렸다는 것이다.

군수사령부에서 대기업 태산정밀과 손잡고 개발한 신형 전투복과 3세대 야간투시경, 그 밖에 15개 군수 물자가 개발되는 도중에 김진성 소장이 100억대 횡령을 저지른 정황이 경찰에 의해 드러난 것이다.

100억이 넘는 돈을 횡령했다가 육군기무사령부의 추격이 뒤를 바짝 쫓아오자 종적을 감추어 버렸다는 것이 경찰의 설명이었다.

한마디로 장성급 장교가 방산 비리에 연루된 사실을 비관하여 자신의 사단을 버리고 탈영을 감행했다는 것이다.

이 사건은 군 내부로부터 일파만파 커져갔고, 결국 하진까지 군에서 나와야 하는 사태까지 벌어졌다.

하지만 하진의 집안에 불어닥친 비극은 이것으로 끝나지 않았다.

김진성 소장이 이곳저곳에서 끌어다 쓴 돈으로 인하여 가산은 이미 온데간데없었고 은행 빚에 사채까지 산더미처럼 쌓여 있었다.

하진은 자신의 핸드폰에 빽빽하게 밀려든 은행과 대부업체의 독촉 메시지를 하나하나 삭제해 나갔다.

[고객님, 로켓대출입니다. 현재 고객님께서 대출하신 1,500만 원에 대한 이자가 벌써 1년째 체납되고 있습니다. 하여……]

그는 이 사실을 도저히 믿을 수가 없었다.

"…아버지께서 도대체 뭐가 아쉬워서 그런 일을 벌이신 걸까?"

그는 아버지의 비행을 도저히 납득할 수가 없었다.

세상 남부러울 것 없던 그가 도대체 무슨 이유로 이 같은 비리를 저질렀단 말인가?

　이 사건으로 어머니는 심장마비로 돌아가셨고, 하진의 누나는 이미 친가와 인연을 끊고 잠적해 버린 지 오래였다.

　한 가장의 비행이 남긴 상처가 온 집안을 쑥대밭으로 만들어 버린 것이다.

　"미치겠네."

　답답함을 금할 길이 없지만 지금 그가 할 수 있는 일은 아무것도 없었다.

　하진은 자신의 주머니를 뒤적거려 보았다.

　짤랑짤랑.

　500원짜리 세 개와 백 원짜리 몇 개가 그의 주머니에 굴러다니고 있다.

　그는 비가 오는 거리로 우산도 없이 나섰다.

　"그래, 마시다 죽어버리자."

　하진은 술이라도 마시지 않으면 죽을 것만 같았다.

　그는 비를 따라서 편의점으로 향했다.

＊　　　　＊　　　　＊

　솨아아아아아아!

여전히 비는 억수같이 내리붓고 있었다.

하진은 약간 취한 기분에 하늘을 바라보았다.

"휴우, 답답하구나."

어지럽게 흔들리는 네온사인을 지나 편의점으로 가는 길, 그는 쓸쓸함과 허무함이 느껴졌다.

인생, 도대체 어떻게 사는 것이 옳은 것인지 가늠할 수 없는 하진이다.

"어렵구나, 산다는 것이."

처음 소위로 임관하여 탄탄대로를 걸을 때만 해도 30대의 인생이 이럴 것이라곤 상상조차 하지 못했다.

하나 이제는 정말 어떻게 살아야 하나 걱정이 태산이다.

멍한 눈초리로 거리를 걷던 그는 여러 종류의 인생과 마주했다.

거리에서 전단지를 돌리는 사람, 취객들을 상대로 불법 윤락을 알선하는 포주, 술집 앞에서 드잡이를 하고 있는 만취한 사람들까지.

한데 그런 사람들 중에서도 하진의 눈에 가장 띄는 사람이 있었다.

"…젊은이, 골동품 하나 안 살라우?"

"됐어요. 죄송해요, 할머니."

"그러지 말고 하나만 사시게……"

검은색 후드를 푹 눌러쓴 한 노파가 지나가는 행인과 취객들을 상대로 골동품을 판매하고 있었다.

굽은 허리와 마치 파뿌리처럼 새하얗게 세어버린 머리카락, 거기에 진한 황색 눈동자까지 노파는 나이가 얼마나 되는지 가늠조차 할 수 없었다.

그럼에도 불구하고 그녀는 노신을 이끌고 다니면서 작은 봇짐에서 골동품들을 꺼내어 팔고 있었다.

거절당하면 당하는 대로, 욕을 먹으면 먹는 대로 꾹 참으면서 모진 행상을 이어나가고 있었다.

바로 그때, 노파를 밀치는 사내가 있었다.

펵!

철퍼덕!

노파는 그대로 차가운 빗물이 흐르는 바닥에 내동댕이쳐졌다. 사내가 그녀에게 윽박을 지르기 시작했다.

"안 산다고요!"

"미안하이, 그냥 나는……."

"그냥 좀 가던 길 가시죠. 사람 귀찮게 하지 말고."

"……."

"나이 먹고 이게 뭐 하는 짓이야? 질 떨어지게."

건장한 체구의 남성은 노파를 넘어뜨린 것으로도 모자라 막말까지 일삼았다.

그럼에도 불구하고 주변의 그 어떤 사람도 노파에 대해 신경 쓰는 사람이 없었다.

하진은 자신도 모르게 몸이 먼저 움직였다.

특유의 군인 정신이 아직까지 그의 몸에 깊숙이 남아 있었던 것이다.

그는 노파를 자리에서 일으켜 세웠다.

"괜찮으십니까?"

"…젊은이, 고마우이."

"아닙니다. 저런 막돼먹은 자식 같으니! 따끔하게 손을 봐줘야겠군."

주먹을 불끈 쥔 하진, 그가 마음만 먹으면 저 사내를 묵사발로 만드는 것은 일도 아니었다.

하지만 노파가 그의 손을 잡았다.

"그만하게. 복수를 해봐야 자네만 손해야."

"하, 하지만……."

노파는 넘어진 김에 그 자리에 털썩 주저앉았다.

"그러지 말고 내 물건 하나 사주시게나. 골동품이라 그런지 도통 사주는 사람이 없군."

"골동품이라……."

"내키지 않으면 자네도 갈 길 가도 괜찮네."

"아닙니다. 헌데 제가 여유 있는 형편이 아니라서요. 괜찮으시다면 어떤 물건이 있는지 구경 좀 할 수 있습니까?"

"그래, 그러시게나. 구경하는 데 돈은 안 받으니까."

아마 그녀는 물건에 대한 자부심이 남다른 모양이다.

구경이라는 소리에도 금세 기분이 좋아진 것 같은 노파이다.

노파는 옆구리에 끼고 있던 봇짐에서 주섬주섬 물건을 꺼내어 바닥에 늘어놓기 시작했다.

하나둘 쌓여가는 골동품을 바라보던 하진에게 노파가 겸연쩍은 얼굴로 말했다.

"이런, 꺼내놓다 보니 양이 좀 많군. 오래 기다렸지?"

"아닙니다, 어르신."

"하나 골라보게. 내 오늘 자네에게 특별히 싸게 해줌세."

거의 만물상이나 진배없을 정도의 봇짐이다.

하진은 이것저것 물건을 구경하다가 붉은색 목함 앞에서 불현듯 멈추어 섰다.

'신기한 물건이군.'

목함은 보면 볼수록 사람을 잡아당기는 느낌이 들었다.

하진은 이 물건에 상당한 매력을 느낌과 동시에 아쉬운 마음이 들었다.

지금 그에게 재화란 거의 뜬구름이나 마찬가지였기 때문이다.

하진은 정중이 고개를 숙였다.

"물건이 좋네요. 하지만 제가 가진 돈이 별로 없어요. 이런 물건을 살 정도가 안 됩니다."

"으잉? 그래? 아쉽군그래. 오랜만에 제대로 된 젊은이를 만났는데 말이야."

"저도 그렇습니다. 특히나 저 목함은 탐이 나는군요."

"목함이라……. 물건을 볼 줄 아는군. 이 물건은 주인의 소원을 이뤄주는 상자라네. 혹자는 이것을 '붉은 상자'라고 불렀다지."

"그런 전설이 있는 물건이군요. 어쩐지 예사롭지 않다고 생각했습니다."

"그래? 자네에겐 혜안이 있는 것 같아. 이런 물건을 알아보다니 말이야."

"하하, 그래봐야 빈털터리 주정뱅이에 불과합니다."

노파는 그에게 선뜻 상자를 건넸다.

"갖고 싶으면 가지고 가게나."

"예, 예? 하지만……."

"오늘 나를 도와준 대가라고 생각하게."

하진은 한참을 망설이다가 목함을 받았다.

"그럼 특별히 주시는 것이니 염치불구하고 받겠습니다."

"후후, 염치는 무슨. 자네 같은 사람이 가지고 있어야 할 물건이야. 자네는……."

노파가 하진의 팔을 붙잡으며 말했다.

팟!

"허, 허억!"

"…왕이 될 상이네."

노파의 손이 얼마나 빠른지 하진은 손이 움직이는 것도 보지 못했다.

놀란 가슴을 진정시킬 새도 없이 노파가 자리에서 일어섰다.

"아무튼 그 물건을 잘 부탁하네."

"아, 예……."

노파는 비를 맞으며 어기적어기적 걸어 자취를 감추어 버렸고, 하진은 한참이나 그 뒷모습을 바라보고 있었다.

*　　　*　　　*

타다다다다닥.

벌써 열 시간째 방구석에 처박힌 하진은 컴퓨터만 붙잡고 있었다.

―…영주님, 자원이 부족합니다!

―적이 공격해 옵니다!

컴퓨터 스피커에선 시끄러운 게임 소리가 들려오고 있었으며, 모니터에서는 게임 캐릭터들이 치열하게 공방전을 벌이고 있었다.

그의 손은 게임이 격해지면 격해질수록 점점 더 빨라졌다.

타다다다닥! 딸깍, 딸깍!

앙다문 입과 가늘게 뜬 눈은 마치 전장 한복판에 선 장수와도 같았다.

하진은 요즘 충격에서 벗어나기 위해 15년 전부터 꾸준히 즐겨오던 게임에 푹 빠져 살고 있다.

전략형 RPG게임 '무한의 군주'는 그가 이 모진 세상을 버틸 수 있는 유일한 돌파구였다.

만약 게임이라도 없었다면 지금쯤 그는 살아갈 힘을 잃고 극단적인 선택을 했을지도 모른다.

무한의 군주는 전략형 RPG와 실시간 전투 시스템을 기반으로 만들어졌는데, 게임 안에는 무수히 많은 컨텐츠가 존재했다.

자신의 캐릭터를 성장시키고 그가 거느리게 될 장수들과 기사단, 군대까지 조직하고 양성할 수 있었다.

영주가 되면 자신만의 영지를 건설하고 그에 따라 필요한 자원을 축적하며 재료들을 파밍하는 각종 퀘스트를 수행할 수 있었다.

그 밖에 장수의 육성이나 합성, 강화 등의 컨텐츠들이 있지만, 지금은 싱글 플레이만 지원되는 상태이다.

워낙 게임이 오래되고 시대를 너무 앞서나간 나머지 인기가 그다지 많지는 않았기 때문이다.

게임이 유명했든 그렇지 않았든 간에 이 게임은 하진을 골수 팬으로 만들어 지금까지 그의 유일한 취미가 되어주었다.

아마 지독하게 힘든 작금의 사태에 직면하여 그가 버틸 수 있는 유일한 탈출구가 바로 게임인지도 모른다.

게임이 계속되는 가운데 그의 핸드폰이 울린다.

지이이잉!

[김연석]

하진은 게임을 멈추고 연석의 전화를 받았다.

"연석아, 어떻게 되었어? 아버지는, 아버지는 찾았어?"

―하진야, 이것 참… 뭐라고 말을 해야 할지 모르겠다.

"…왜?"

―아버님께선 단순히 실종된 것이 아닌지도 몰라.

"그게 무슨 뜻이야?"

―정확한 것은 조금 더 조사를 해봐야겠지만, 얼마 전에 시신 한 구가 충남 논산의 한 저수지에 떠오른 사건이 있었대. 그 사람의 복장이 군복이었는데, 그 어깨에 별이 달려 있던 것 같다고 증언하는 사람이 있어.

"그, 그럴 리가 있나! 그, 그럼 그 시신을 가지고 나와 유전자 감식을 해보면 될 것 아니야?"

—하지만 그 시신이 어디로 갔는지 아무도 몰라. 시신을 본 사람은 있는데 시신의 행방을 찾을 수가 없어.

"그런 말도 안 되는 경우도 있어? 어떤 개자식이 허위 사실을 유포시킨 것 아냐?"

—아직까진 잘 모르겠어. 하여간 지금 내가 현지로 내려가 조사할 테니까 조만간 진실이 밝혀지겠지. 아무튼 아버지를 찾고 나면 네 빚에 대한 것도 한 번 천천히 고민해 보자. 요즘도 대부업체에서 전화가 와?

"응."

—개자식들. 사람을 어지간히도 괴롭히는군. 조금만 기다려 봐. 방법이 있을 것 같아. 내 경찰대학 동기가 얼마 전에 검사로 전향했거든. 그 친구에게 방법을 한번 물어볼게, 그러니 너무 걱정하지 마라.

"그래, 고맙다."

친구 연석은 어려서부터 지금까지 늘 곁을 지켜준 고마운 친구이다.

—밥은 먹었냐? 또 술 처먹고 있는 것은 아니지?

"아, 아니야! 밥 먹고 이제 자려고."

—그래, 알았다. 생활비는 있고?

"응……."

—필요하면 말해. 밥값 정도는 줄 형편이 되니까. 마누라도

이해해.

"그래, 고맙다. 정말 고마워."

─친구끼리 인사는 무슨, 아무튼 잘 지내고 있어. 다시 만날 때까지 다른 곳으로 전화를 걸거나 함부로 나돌아다니지 말고.

"알겠어. 매번 고맙다."

─별소릴 다 한다.

바로 그때였다.

쿵쿵쿵!

"이봐요, 연하진 씨! 연하진 소령님 안에 계십니까!"

"……?"

이곳의 주소를 아는 사람은 아무도 없다.

─누구야?

"…모르겠어."

하진은 자리에서 일어나 인기척을 내려 했다.

하지만 연석이 그를 만류했다.

─대답하지 마!

"…뭐?"

─네가 소령 출신인 것은 어떻게 알아? 그것도 초면인데 말이야.

"……!"

―아무래도 수상한 사람 같아. 너 지금 어디야?

"저번에 구했다는 그 집이야. 아무도 이곳을 모를 텐데."

하진은 며칠 전에 집을 구해서 친구 연석에게도 집 주소를 아직 알려주지 못했다.

그렇다면 답은 하나다.

―젠장, 사채업자 아니야?

"어, 어쩌지?"

―빌어먹을 자식들! 도대체 거기를 어떻게 찾았지?

"…큰일인데."

―주소나 지번을 불러줘! 지금 당장 내가 그쪽으로 갈게!

"여기가 어디냐면……."

아무리 특전사 출신에 파병까지 다녀온 하진라고 해도 깡패들이 떼를 지어 덤비면 어쩔 도리가 없다.

더군다나 이곳엔 하진이 자신을 방어하기 위해 사용할 수 있는 무기가 하나도 없었다.

이제 그를 도와줄 사람은 연석뿐이었다.

"…방산동 356―……."

그가 주소를 채 다 부르기도 전에 깡패들이 들이닥쳤다.

콰앙!

"어이, 김 소령님! 지금 유유자적하게 게임이나 할 때야?"

"허, 허억!"

―하진아, 하진…….

깡패들은 그의 옆통수로 쇠파이프를 휘둘렀다.

부웅!

재빨리 그것을 피해내긴 했지만 실수로 핸드폰을 떨어뜨렸다.

"젠장!"

깡패들은 우선 하진의 핸드폰부터 처리했다.

빠각!

깡패들은 하진의 가장 친한 친구가 경찰 간부라는 사실을 익히 알고 있었다.

"아, 안 돼!"

"크흐흐, 아무리 날고 기는 실인기계 연하진 소령이라도 20명이 넘는 남자를 다 죽일 수는 없겠지?"

그는 더 이상 피할 곳이 없다는 것을 깨달았다.

하진은 얼마 전 자신을 쫓아다니던 깡패들을 묵사발 내준 적이 몇 번 있었다. 그때부터 앙심을 품은 깡패들이 이렇게 죽자 사자 쫓아다니고 있는 것이다. 아마도 이들 역시 하진을 때려눕히기 위해 목숨을 건 것이 분명했다.

"제기랄, 하는 수 없지."

그는 아까 마시던 소주병을 손에 꽉 쥐었다.

꽈드득!

"그래, 덤벼라. 덤벼도 좋지만 너희 중 몇 놈은 병신이 되거나 죽을 거다. 내가 장담하지."

"흥, 아직도 입은 살아 있군."

육군참모부로 가기 전까지 특전사에서 복무하면서 실전 경험을 쌓은 하진에게 방어를 위한 살인은 큰 문제가 아니었다.

하진은 소주병으로 첫 번째 사내의 머리통을 후려쳤다.

퍼억!

"커흑!"

소주병의 두꺼운 부분은 사람의 머리를 내려쳐도 그리 쉽사리 깨지거나 조각이 나지 않는다.

하나 두 번째 공격에 소주병이 깨졌다.

퍼억!

쨍그랑!

이제 그는 소주병의 뾰족한 부분이 아래로 가도록 병을 거꾸로 잡았다.

척!

"…덤벼라!"

"이런 괴물 같은 새끼!"

발군의 전투력을 보여주는 하진였지만 이 많은 사람을 상대할 수는 없는 노릇이었다.

"흥, 이러나저러나 한 놈이다! 족쳐!"

"죽어라!"

붕붕붕붕!

사방에서 쏟아지는 쇠파이프 찜질을 온몸으로 막아내는 하진의 얼굴에 피가 흥건해진 것은 순식간이었다.

퍽퍽퍽! 빠악!

"크헉!"

하지만 몰매를 맞는 도중에도 하진의 악바리 근성을 사라지지 않았다.

"죽어라!"

촤락!

"끄아아아악!"

"쿨럭쿨럭!"

양손에 깨진 소주병을 들고 보이는 대로 놈들을 찌르고 휘두른 하진은 거친 숨을 몰아쉬었다.

"허억! 허억!"

"지독한 새끼!"

치고받는 와중에 순식간에 아수라장이 되어버린 하진의 방에 누구의 것인지 모를 피가 흐르고 있다.

주르르륵.

그 피는 공사를 잘못해서 기울어진 방바닥을 타고 붉은색 상자로 들어갔다.

바로 그때, 놀라운 일이 벌어졌다.

끼이이이이잉!

"으윽! 이게 뭔 소리야!"

"고, 고막이 찢어질 것 같습니다!"

하진은 물론이고 서른 명이 넘는 건달들이 귀를 부여잡고 그 자리에 털썩 주저앉았다.

그리고 그 소리로 인하여 하진의 낡은 컴퓨터가 잡음을 내뿜기 시작했다.

치직, 치지지지직!

컴퓨터의 잡음은 더더욱 거칠어졌고, 모니터에 떠 있던 화면이 스파크로 변하더니 이내 붉은색 상자 안으로 빨려들어 갔다.

"어, 어어?"

모니터에서 나온 스파크는 분명히 게임의 화면을 그대로 형상화하고 있었고, 그것은 하진은 물론이고 건달들까지 똑똑히 보였다.

"이, 이게 도대체 무슨……?"

하지만 놀라운 일은 거기서 끝나지 않았다.

우우우우우웅, 팟!

촤라라라락!

붉은색 상자는 거대한 칼날을 수백 개나 뿜어내 주변에 있는 모든 생명체를 갈가리 찢어놓았다.

"……."

하진은 자신을 제외한 모든 사람이 죽어버렸고, 그것이 저 붉은 상자 때문이라는 것을 똑똑히 눈으로 보았다.

"마, 말도 안 돼!"

그는 이 상자를 더 이상 자신의 앞에 둘 수 없다고 생각했다.

상자를 버리려 마음먹은 하진. 하지만 그의 머리는 더 이상 사고를 할 수 없게 되어버렸다.

끼이익, 퍽!

"크헉!"

상자의 뚜껑이 멋대로 열리더니 하진의 머리를 후려쳐 버렸고, 그 붉은 상자가 하진을 서서히 집어삼키기 시작한 것이다.

꿀렁꿀렁.

서서히 전기의 형태로 변하여 상자 안으로 빨려들어 가는 하진. 대략 10분 후엔 이 세상 어디에서도 그의 흔적은 찾아볼 수가 없었다.

팟!

상자는 그를 모두 다 집어삼킨 후 스스로를 작게 쪼그라지더니 결국엔 하진을 따라 자취를 감추었다.

쿠구구구구국, 파바밧!

이제 이곳에는 죽은 시체들의 핏덩이와 살 조각 외엔 아무것도 남아 있지 않았다.

    *   *   *

판테리아 통합력 987년.

중앙대륙 아시스 해안 국가 칼리어스에 붉은색 별똥별이 떨어져 내렸다.

이를 두고 신성 롤린스 제국에선 신의 아들이 성지로 강림할 것이라고 예언했고, 남부 해상 제국 헤이슨과 북부 목동 왕국 아케인에서 역시 비슷한 예언이 나왔다.

서부대륙 전사 연합국 아시스 역시 별똥별이 왕권을 뜻하는 예언이라며 성지를 언급했다.

이 네 국가는 현재 판테리아를 사등분하고 있을 정도로 강력한 병력과 국력을 가진 나라들이다.

이 열강들이 하나같이 성지라 지목한 곳은 바로 약소국가인 칼리어스였다.

칼리어스는 예로부터 희귀 광물이 많이 나와 '돌의 고향'이라고도 불렸지만 지리적 요건이 좋지 못해서 항상 열강들에게 약탈을 당하는 신세였다.

중앙대륙의 항구 25개를 가진 칼리어스는 동서남북 어디로 진출한다고 해도 군사적 요충지가 된다.

게다가 희귀 광물과 기타 지하자원의 매장량이 전 세계 1/3을 차지할 정도로 풍부했다.

열강들이 탐을 내는 것도 무리는 아니었다.

다시 말해 부국강병이 충분한 칼리어스이지만 내부적인 문제가 하나 있었다.

나라의 모든 대소 신료가 돈과 권력에 미쳐서 국고의 대부분을 좀먹고 있었던 것.

만약 칼리어스에 부정부패가 없었더라면 지금쯤 사대열강은 바뀌었을지도 모르는 일이다.

하지만 현실은 시궁창이나 다름없었다.

칼리어스 국왕 레일슨은 최근 떨어져 내린 '패왕의 증표'에 대한 문제로 골머리를 앓고 있었다.

"…안 그래도 우리 왕국을 침범하기 위해 호시탐탐 기회를 노리고 있던 열강들이 좋다고 춤이라도 추겠군그래."

"전하, 그래도 돌파구는 있지 않겠습니까?"

"돌파구라……."

"줄 것은 내어주고, 얻을 것은 얻는 겁니다."

"…우리에게 줄 것이 더 남아 있던가?"

"열강들은 어차피 국론 집중과 국익 증진이 목표입니다. 원하는 것을 주시지요."

"공에게 좋은 생각이 있나?"

"아나스타스 남작을 백작으로 등극시키고 신성제국에 제물로 바치시지요."

"그, 그건 너무 잔혹한 처사가 아닌가?"

"잔혹해도 남작령을 빼곤 다 살 수 있을 겁니다."

레일슨은 재상 피로츠의 직언에 슬그머니 눈을 감고 말았다.

"정녕 답은 그뿐인가?"

"대를 위해 소를 희생하는 것입니다. 심경을 굳건히 하시지요."

"……."

레일슨은 피로츠에게 왕가의 직인을 건네며 말했다.

"판은 자네가 짤 수 있겠지?"

"물론입니다."

피로츠는 레일슨에게 머리가 땅에 닿도록 읍했다.

"소신, 나라를 위해서라면 그 어떤 악역도 자처할 자신이 있습니다. 만약 일이 잘못된다면 소신의 목을 치시지요."

"그전에 자네가 사태를 잘 수습할 것이라고 과인은 믿는다."

"…성은이 망극합니다."

두 사람은 한동안 같은 자세로 말없이 정적을 지키고 있었다.

제2장
막장 광부 생활

이른 아침, 차가운 이슬이 하진의 얼굴을 간질인다.

땡땡땡땡!

"어서 일어나라! 작업을 시작한다!"

"끄응⋯⋯."

마치 물먹은 솜처럼 힘겹게 자리에서 일어선 하진은 억지로 눈꺼풀을 위로 밀어 올렸다.

어제 마신 술이 아직 덜 깬 것처럼 눈앞이 자꾸 왕왕 돌아가는 것만 같았다.

그런 그에게 정신이 번쩍 들 만한 채찍질이 날아들었다.

촤락!

"크헉!"

"미쳤군. 지금이 어떤 시국인데 늦잠인가! 죽고 싶은 것인가!"

하진은 순간적으로 피가 머리끝으로 확 돌면서 정신이 퍼뜩 들었다.

그는 자신의 등짝을 타고 흐르는 핏줄기를 느끼며 자리에서 벌떡 일어섰다.

끼이이이잉.

하지만 극심한 두통은 계속되었다."아, 젠장! 머리가 너무 아프군!"

머리는 아프지만 그럴수록 정신은 더 말짱해져 갔다.

자리에서 일어선 하진은 그제야 주변을 살폈다.

누더기를 엮어서 만든 천막, 그리고 낡고 허름한 침상과 손때 묻은 작업 도구들까지, 아무래도 이곳이 몹시 수상한 하진이다.

"인신매매? 설마 놈들이……."

건달들이 칼날에 썰려 죽은 것은 꿈이었을까?

그는 자신이 왜 이곳에 있는지 도무지 이해를 할 수 없었다.

조금 멍한 표정이 된 하진에게 주변 사람들이 말을 걸어왔다.

"어이, 신참, 어서 가자고. 늑장 부리다 영주님이 심기를 건드리기라도 하면 어쩌나?"

"영주?"

"쉿! 자네 미쳤나? 님 자를 빼먹다니, 말조심하게! 요즘 루멘트 제국에서 하도 침공을 해대는 바람에 우리 영지에 전투가 끊일 날이 없지 않은가? 그런데 영주님의 심기까지 건드리면 매질을 당하다 죽을 것이야!"

"뭐, 뭐가 어쩌고 저째요?"

하진은 이 사내가 하도 일을 많이 해서 머리가 어떻게 되었다고 생각했다.

하지만 하진은 얼마 지나지 않아 뭔가 조금 이상한 점을 느꼈다.

"혹시 한국 사람이십니까?"

"자네, 머리가 어떻게 되었나? 헛소리를 하는군."

"예?"

"판테리아에 한국이라는 곳도 있나? 딱하게도 정신을 놓아 버렸군그래."

바로 그때, 하진의 뇌리로 뭔가 반짝 스쳐 지나갔다.

'이거 설마……?'

어쩐지 음산하고도 허술하기 짝이 없는 이 막장, 어디선가 본 것 같았다.

'아니겠지.'

그는 자신에게 말을 건 사람에게 게임 '무한의 영주'에 나오는 대륙 이름을 물었다.

"이, 이곳이 혹시 판테리아 계입니까?"

"어제 맞은 맷독이 아직 안 빠진 것인가? 이곳이 판테리아가 아니면 어디란 말인가? 마계란 말인가?"

"허억!"

하진은 자신이 지금 꿈을 꾸고 있는가 싶었다.

그는 자신의 **뺨따귀**를 후려 쳤다.

짜악!

"크윽!"

"왜, 왜 그러나?"

"아, 아닙니다."

뺨따귀를 후려쳐 보니 분명 이것은 꿈이 아니었다.

과연 어떻게 된 일일까?

'뭐지, 이 상황은?'

다른 곳도 아니고 이곳은 게임 속 판테리아 대륙이다.

도저히 말이 되지 않는 일이다.

그런데 문제는 만약 이것이 현실이라면 하진은 얼마 못 가서 죽을 것이라는 사실이다.

이곳은 플레이어가 광부들을 매일 혹독하게 부려먹던 탄광의 막장이었다.

가끔 탄광의 막장에서 병사들을 차출해서 사용하기도 했는데, 대부분은 화살받이로 죽어나갔다.

탄광에서 일만 하다 죽든지 전쟁에서 고기방패 신세가 되든지 광부들은 이러나저러나 100명 중 99명이 죽어 나간다고 보면 된다.

하진은 너무 황당하고 기가 막혀서 말도 제대로 할 수가 없었다.

'오오, 이건 꿈이야. 젠장! 막장이라니, 이건 꿈이야. 꿈이 확실하다.'

그는 정신을 차릴 새도 없이 막장의 광부들에게 휩쓸려 탄광으로 끌려 나갔다.

*   *   *

각종 석재와 석탄을 캐내기 위해 운영되는 이곳 막장은 영지 내 가장 기본적인 생산 건물 중 하나이다.

까앙, 까앙!

곡괭이 하나만 짊어지고 하루 종일 채굴만 해대는 이들이지만 게임 내에선 그냥 수치로만 표시된다.

광부의 숫자에 따라 채굴량이 많아질 뿐, 그들의 존재는 크게 인식되지 않았다.

다만 농지에 사람이 모자라면 차출하여 부역에 동원되고, 전쟁이 벌어지면 곡괭이를 들고 방패막이 유닛으로 활용될 때 얼굴을 보는 정도이다.

그나마 인터페이스에 막장 내부가 가끔 보이지 않았다면 하진은 이곳이 어떻게 생겼는지도 몰랐을 것이다.

한마디로 현실에 직면에서야 그 소중함을 절감했다고 해야 할 것이다.

까앙! 퍼억!

"허, 허억!"

열심히 일하던 한 광부의 곡괭이가 부러지고 말았다.

그러자 감독관이 다짜고짜 해당 광부의 등짝에 사정없이 채찍질을 늘어놓았다.

촤락, 촤락, 촤락!

"감히 영주님의 귀한 재산을 훼손시키다니! 죽고 싶은 것이구나!"

"죄, 죄송합니다! 죄송합니다!"

실제로 광부 한 명을 징집하는 데 들어가는 돈보다 곡괭이를 만드는 데 들어가는 돈이 더 비싸다.

아마도 저 광부는 오늘 멀쩡하게 살아서 이곳을 나가기 힘들 것이다.

'…곧 죽겠군.'

무한의 영주에 나오는 유닛들은 부활의 샘이라는 곳에서 재생이 가능한데, 사망한 횟수에 따라 들어가는 골드와 자원의 양이 정해진다.

그런데 광부들은 부활의 샘에서 재생시켜 사용하기엔 그 단가가 너무 높아서 그냥 새로 유닛을 징집하고 만다.

가끔가다 전쟁에서 유닛을 죽이면 레벨이 올라 병사로 이끌어 올리기도 하지만 대부분은 그냥 막장에서 생산되어 죽을 때까지 일만 하다 사라진다.

작업 열다섯 시간째, 하진은 이것이 꿈이 아니라는 것을 벌써 몇 번이고 뼈가 저리도록 느끼고 있었다.

"쿨럭쿨럭!"

지금 그는 돌 부스러기와 먼지를 하도 많이 먹어서 폐가 다 까지는 느낌이 들었다.

이곳의 작업 환경이 얼마나 열악한지 하진의 옆에서 일하던 한 광부는 피까지 게워내며 죽어가고 있었다.

"우웨에에엑!"

"어, 어이, 이봐!"

"……."

털썩!

사람 하나 죽는 것은 별로 대수롭지도 않은지 광산에 있는 노동자들은 계속해서 자신의 앞에 있는 석벽을 열심히 두드리고 있었다.

그의 뇌하수체는 이런 악조건에서 작업하는 것은 진정한 노가다, 즉 미친 노동이라고 말해주고 있었다.

지구에선 이렇게 살 바엔 차라리 게임 속으로 들어가 버렸으면 하는 생각을 수도 없이 하던 하진이다.

하지만 게임에 들어와도 하필이면 최하위 노동 계층으로 들어와 버리다니 안 들어오느니만 못한 상황이 되어버렸다.

"…빌어먹을!"

하진의 곁에서 피를 토하는 저 일꾼, 아마도 조만간 폐기 처분될지도 모른다.

탄광은 하루에 정해진 작업량을 영주가 직접 정할 수 있는데, 그에 따라서 생산량이 결정된다.

작업량을 늘리면 생산량이 늘어나지만 시간이 지나면 지날수록 광산에 들어간 사람의 숫자가 줄어들게 된다.

게임 내에선 그냥 인구수가 감소하는 것으로 표현되지만, 실제론 그 안에서 사람들이 고된 노동으로 죽어나가는 것이다.

그냥 마음 편하게 게임할 때엔 무심코 스치고 지나갔던 것들이 실제로는 아주 가혹하고 잔인한 일이었던 셈이다.

멍하니 쓰러지는 동료들을 바라보던 하진의 등짝으로 다시 한 번 채찍이 날아들었다.

촤락!

"크허억!"

"똑바로 서라, 광부! 이대로 죽고 싶은 것이냐!"

"……"

생각 같아선 이 감독관을 죽이고 밖으로 뛰쳐나가고 싶었지만 그에겐 힘이 없었다.

광부에겐 변변한 기본 무기조차 존재하지 않았기 때문이다.

지금 이놈에게 덤비는 것은 죽음을 자초하는 일밖에 되지 않았다.

까앙! 까앙!

하는 수 없이 아픔을 참고 곡괭이를 잡은 하진은 다시 한 번 정신을 놓고 꾸역꾸역 작업을 이어나갔다.

*   *   *

다음날, 다시 막장에 종이 울렸다.

땡땡!

"일어나라! 작업 시작이다!"

무려 20시간이나 되는 고된 작업을 끝내고 잠시 침상에 머리를 붙였다 일어나니 다시 작업 시작이란다.

하진은 삭신이 쑤시고 손이 다 부르터서 도저히 일에 나갈 수 없을 것 같았다.

"끄응, 끄응!"

하지만 채찍을 맞지 않으려면 어쩔 수 없이 자리에서 일어나야 했다.

가까스로 자리에서 일어서니 감독관이 삶지도 않은 생감자를 하나씩 나누어 준다.

"먹어라. 오늘 치 식량이다."

"……."

이 세상에 생감자 하나로 20시간이 넘는 중노동을 버틸 수 있는 사람은 존재하지 않는다.

하지만 이곳은 광부의 목숨이 보리 한 되보다 낮은 가치를 가지는 세상이다.

어쩌면 이런 체계는 당연한 일인지도 모른다.

게임은 게임일 뿐, 그 이상은 생각하지 않고 만드는 것이 보통이기 때문이다.

하진은 자신의 손에 쥐어진 감자를 바라보며 몇 가지 의문을 품었다.

전체적으로 보면 이곳은 분명 '무한의 영주'와 비슷한 세계관과 체제를 가지고 있었다.

하지만 사람이 사는 곳이고 실제로 피를 토하며 죽어가는 이들이 수두룩했다.

또한 하진 역시 죽을 것 같은 고통을 실시간으로 느끼고 있었다.

허구의 공간도 아닌데 게임의 모든 면을 닮은 이곳, 하진은 자신에게 어떤 일이 벌어지고 있는 것인지 가늠할 수 없었다.

'뭐가 뭔지 하나도 모르겠군.'

꼬르르르륵!

심지어 배가 고픈 것도 실제로 똑같이 느껴지고 있다.

우드드득!

"으윽! 이게 돌이야, 감자야?"

"안 먹으려면 나 줘!"

"아, 아니, 나!"

하진은 이 딱딱한 생감자 하나를 먹겠다고 난리를 치는 광부들을 바라보며 막연한 공포를 느꼈다.

'일이야 어찌 되었건 간에 살아남아야 한다.'

그는 딱딱한 생감자를 앞니로 거침없이 파먹기 시작했다.

퍽퍽퍽퍽!

"쩝쩝, 생각보단 먹을 만하군."

"쳇, 아깝네."

대략 5분 남짓한 식사 시간이 끝나자, 하진에게 또다시 채찍이 날아들었다.

촤락!

"크윽!"

"일어나라! 다 처먹었으면 어서 일을 하란 말이다!"

하진은 저절로 어금니가 앙다물어졌다.

'빌어먹을 자식 같으니! 언젠가는 꼭 죽이고 말 테다!'

과연 그런 날이 오긴 할지, 머나먼 세상의 얘기처럼 하진의 머릿속을 맴도는 얘기다.

막장 안의 사물함에서 곡괭이와 지게를 하나씩 챙긴 하진와 광부들은 줄을 지어 갱도로 향했다.

"앞으로 20시간 동안 250자루를 캐야 한다! 1인당 250자루다! 못 채우는 놈들은 잠을 못 잘 줄 알아라!"

"예, 나리."

마치 시체 더미를 줄로 꿴 듯 길고 긴 행렬이 갱도로 이어지고 있다.

* * *

늦은 밤, 깊고 깊은 갱도를 타고 시커먼 흙먼지로 뒤덮인 광부들이 하나둘 나오기 시작한다.

"헤엑, 헤엑!"

하진은 앞으로 혀를 쭉 내밀고 동굴 내로 떨어지는 물을 한 방울씩 받아 마셨다.

하루 종일 죽어라 일하면서도 시원한 물 한 모금 마시지 못했기 때문에 그는 체면이고 뭐고 가릴 것이 없었다.

그것은 다른 광부들도 마찬가지여서 미친 사람처럼 허겁지겁 받아먹기 시작했다.

잠시 후, 감독관이 광부들에게 고구마를 하나씩 나누어 주었다.

"영주님께서 특식을 내리셨다. 감사하는 마음으로 먹어라."

"오오, 고구마!"

감자보다 포만감은 덜하지만 씹는 맛이 썩 괜찮아서 식사 대용으로 먹어도 손색이 없다.

하진은 옷에 고구마를 대충 스윽 닦아서 한입 베어 물었다.

뚜둑!

"으, 으음!"

저마다 고구마를 한 입씩 베어 문 광부들은 이제 슬슬 잡담을 늘어놓기 시작했다.

그나마 생고구마 한입 먹은 것으로도 살 것 같은 느낌이 들었던 것이다.

"자네, 소식 들었나?"

"무슨 소식?"

"조만간 우리 영지가 백작령으로 승급할 예정이라는군."

"배, 백작령으로? 자작령도 아니고 백작령이라니, 말이 되는 소리인가?"

"에이, 또 허풍 떠는 것 아닌가?"

"거참, 속고만 살았나? 얼마 전 우리 영지로 떨어진 붉은색 별똥별 있지 않나? 그것이 특별한 의미를 가지고 있다더군. 그것이 떨어져 내렸으니 우리 영지를 백작령으로 승급시켜 뭔가를 도모할 생각이겠지."

"흐음, 그렇게 말하니 그럴싸하군."

하진은 가만히 이들의 얘기를 듣고 있다가 불현듯 게임에 등장한 약소국가 칼리어스를 떠올렸다.

'칼리어스라……. 별똥별 때문에 망했지. 아니지, 별똥별을 가장한 열강들의 침탈 때문에 망했다고 해야 하나?'

칼리어스는 게임이 시작하자마자 영주들에게 최강의 격전지로 표현되어 시종일관 던전처럼 끝도 없이 병력이 모여들었다.

한마디로 칼리어스는 사람이 살 수 있는 나라가 아니라는 소리였다.

별생각 없이 광부들의 얘기를 듣고 있던 하진은 이러고 있을 때가 아니라는 것을 깨달았다.

'제기랄, 하필이면 이곳이 칼리어스였단 말이야? 어서 광부에서 자유민으로 승격하지 않으면 꼼짝없이 죽고 말겠군.'

자초지종이 어떻게 된 것인지는 알 수 없으나, 이곳에 별똥별이 떨어졌다면 향후 3개월 안에 나라는 망하고 말 것이다.

그 안에 이곳을 떠나는 것이 상책이었다.

'이제부터 믿을 것은 이 곡괭이뿐이다!'

광부가 자유민으로 거듭날 수 있는 것은 하루 종일 쉬지 않고 희귀 광물 광산에서 일하여 오리하루콘이나 미스릴 따위를 캐내는 것이다.

광업을 오래할수록 광부의 유일한 공격 스킬인 '랜덤 곡괭이 타격'이 강력해지기 때문인데, 이것이 오래되면 오래될수록 레벨업에 보너스가 붙는다.

그래서 광부들에게 하루도 쉬지 않고 일을 시키는 것인데, 현실에선 레벨업보다는 광물을 캐내는 것이 훨씬 더 효율이 좋았다.

하지만 문제는 희귀 광물 광산은 일반 광산에 비해 작업 난이도가 무려 두 배에 달한다는 점이다.

과연 그 모진 노동을 버틸 수 있을지는 모르겠지만, 죽는 것보다는 낫겠다 싶은 하진이다.

*   *   *

그날 밤, 하진은 감독관에게 스스로 희귀 광물 광산에 자원하겠다고 말했다.

그러자 그는 아주 의외라는 듯이 물었다.

"미쳤군. 그곳이 어떤 곳인 줄 알고나 지껄이는 건가?"

"물론입니다. 보내주십시오."

그는 실소를 흘렸다.

"클클, 스스로 죽겠다는데 내가 마다할 이유가 없지."

감독관은 하진에게 호미와 휴대용 끌개를 건네며 말했다.

"내일부터는 석탄광산 말고 그 아래에 있는 희귀 광물 광산으로 내려가면 된다. 작업 시간은 똑같이 하루에 스무 시간. 하지만 식사 시간에 빵이 제공된다. 뭐, 이 정도면 꽤 괜찮은 작업 조건이긴 하군."

"감사합니다."

"클클, 내일이면 그 감사가 증오로 바뀔 것이다. 하지만 나를 원망하지는 마라. 모든 것은 네가 자초한 일이다."

"물론입니다."

감독관은 하진에게 소가죽으로 된 물통을 하나 건네주었다.

"스스로 죽겠다고 날뛰니 선물을 하나 주지. 이것에 물을 가득 채워 가지고 다니면서 일해라. 그럼 최소한 죽지는 않을 것이다."

"감사합니다. 꼭 죽지 않고 돌아오지요."

"희귀 광물 1kg은 석탄 50톤과 맞먹는 가치를 지닌다. 네가 만약 한 달 안에 1kg을 캐낸다면 광부 신세에서 벗어나게 될지도 모르지."

아마도 희귀 광물의 채취에 대한 이득은 감독관에게 가장 먼저 돌아오는 것이 분명했다.

그러니 이렇게 소가죽까지 지원하면서 하진을 독려하는 것일 터였다.

'쉽지는 않겠지.'

그 자리에서 희귀 광물 광산으로 배정을 받은 하진은 내일을 준비하려 막장으로 돌아갔다.

좁다란 갱도를 30분이나 내려간 하진은 밧줄로 된 안전장비를 차고 사람 한 명이 간신히 들어갈 만한 구멍으로 몸을 밀어넣었다.

좌락, 좌락!

"으윽!"

두꺼운 가죽옷으로 온몸을 가리긴 했지만 바위덩이에 몸이 부딪치고 긁히면서 자꾸 생채기가 났다.

이렇게 좁은 입구를 타고 무려 15분이나 더 내려간 하진은 희미한 등불만이 하나 놓인 작업장에 도착했다.

슥슥슥.

이곳에 있는 사람들은 호미로 딱딱하게 굳어버린 암반층을 긁어내며 시체처럼 작업하고 있었다.

하진은 근처에 있는 선임 작업자에게 작업 방식에 전해 들었다.

"자네는 오늘 처음 작업 온 모양이군."

"예, 그렇습니다. 작업은 어떻게 하는 겁니까?"

"이곳은 폐 미스릴이 굳어서 생긴 암반일세. 그 중간을 호미로 살살 긁으면 떨어지는 사석이 있다네. 그 길을 따라서 계속 발굴 작업을 하다 보면 가끔 희귀 광물이 떨어지기도 한다네."

"그 확률은 얼마나 됩니까?"

"글쎄, 한 달 작업하면 한 1g쯤 나오려나?"

"······."

한마디로 1kg을 캐려면 죽을 때까지 작업만 하다 생을 마감할 수도 있다는 소리다.

그는 어째서 이곳이 광부의 무덤이라고 불리는지 알 것 같았다.

'그래, 어차피 죽기 아니면 까무러치기다.'

하진은 호미와 끌개를 가지고 서서히 작업을 시작했다.

*　　　　*　　　　*

아나스타스 남작령 서부 구릉 지대.

휘이이이잉!

다소 황량한 바람이 부는 구릉 지대 위로 전서구와 길들인 독수리를 거느린 사내가 모습을 드러냈다.

크르르릉!

"쉬잇, 조용히."

그의 옆에는 말과 거의 크기가 비슷한 다이어울프가 서 있었는데, 녀석은 멀리서 풍겨오는 가축 냄새에 잔뜩 흥분한 것 같았다.

사내는 그런 녀석의 갈기털을 쓰다듬으며 조용히 읊조렸다.

"서부지대의 공격 거점은 이곳이 적당하겠군."

그는 전서구와 독수리 발등에 글귀를 몇 자 적어 매달았다. 그리곤 두 마리를 하늘 높이 던졌다.

"날아라!"

파드드드득!

이제 이 전서구가 후방으로 날아가게 되면 사내의 동료들과 조우하게 될 것이다.

사내는 전서구를 날려놓고 슬슬 서부 국경 수비대로 다가가기 시작했다.

목책과 망루로 이뤄진 국경 수비대는 총 4교대로 24시간 국경 지대를 순찰하는 곳이다.

그는 자신의 등에 매달려 있던 롱보우를 꺼내어 망루 위의 병사를 저격했다.

꽈드드득, 피융!

"크헉!"

그러자 다이어울프가 망루 위를 거침없이 기어 올라가기 시작했다.

크르르릉!

퍽퍽퍽퍽!

다이어울프는 다른 개과 동물들과 달리 어깨가 발달되어 있어 나무를 상당히 잘 타는 것으로 알려져 있다.

더군다나 그런 다이어울프의 덩치가 말과 비슷할 정도라면 높이 4미터의 망루를 오르는 것쯤은 별것 아닐 것이다.

잠시 후, 다이어울프는 망루 옆에 나 있는 길을 따라서 목책으로 이동했다.

"헥헥!"

"으음, 뭐, 뭐야?"

크아아아앙!

촤라락!

녀석은 자신의 눈앞에 보이는 모든 생명체를 전부 다 물어 죽이며 목책을 초토화시켰다.

사내는 대략 10분 후, 휘파람을 불었다.

휘이이이익!

그러자 다이어울프가 목책 아래로 밧줄을 밀어 넣었다.

"후후, 상을 줘야겠군."

이 밧줄은 목책의 문을 여는 도르래와 연결되어 있기 때문에 국경 수비대는 이미 무력화된 것이나 다름없었다.

그는 문을 열어 도르래를 약간 손보기로 했다.

끼릭, 끼릭!

도르래의 이음새를 전부 다 느슨하게 만들어 겉보기에는 이상이 없지만 큰 충격을 받으면 금방 무너지도록 했다.

"좋아, 이 정도면 되겠군."

사내는 자신의 늑대가 죽인 사람들의 숫자를 헤아려 보았다.

"하나, 둘… 열하나? 많이도 죽였군."

크르르룽!

"잘했다."

그는 이제 다이어울프를 데리고 목책을 넘어 다시 구릉 지대로 향했다.

*　　　*　　　*

극한의 작업 일주일째. 하진은 이제 슬슬 체력에 한계를 느끼고 있었다.

"허억, 허억!"

산소마저 희박한 지하에서 연일 이어지는 20시간의 중노동을 견디면서 산다는 것은 실로 엄청난 고문이었다.

그나마 물과 빵이 지급된다는 것이 유일한 위안이었지만 차라리 이것을 먹지 않고 탄광에서 일하는 편이 훨씬 나을 뻔했다.

폐 미스릴이 만든 암반에는 미세한 유리 재질의 먼지가 섞여 있기 때문에 자꾸만 기침이 났다.

"쿨럭쿨럭!"

미스릴이 만들어낸 미세 먼지가 결국은 하진의 폐에 상처를 낸 모양이다.

그는 숨을 쉴 때마다 가슴이 뻐근하고 피 냄새가 연신 올라오는 것이 느껴졌다.

그러다 결국 각혈을 하고 말았다.

푸하악!

"허, 허억!"

하진은 심장이 내려앉는 느낌이 들었다.

"빌어먹을, 이래서 사람이 매일 한 명씩 죽어나가는 것이었군."

이런 곳에서 작업하다간 평민이 되어도 얼마 살지 못하고 죽을 것이 뻔했다.

가뜩이나 좁은 구멍에 몸을 밀어 넣고 있는데 피까지 토하니 아주 죽을 맛이었다.

더군다나 통풍도 아예 되지 않아 기침을 할 때마다 더 많은 미세 먼지가 하진을 괴롭혔다.

그는 잠시 쉬었다가 하기로 했다.

"…이대론 안 된다. 이러다간 정말 죽겠어."

오로지 살겠다는 일념으로 몸을 뒤로 움직이던 하진은 자신의 머리에서부터 작은 진동이 일어나는 것을 느꼈다.

드르르르르!

"어, 어라?"

그리고 잠시 후, 그의 귀에 스스로의 청각을 의심케 하는 소리가 들렸다.

"광산이 무너진다! 어서 도망쳐!"

"어, 어어어……!"

지금 하진이 들어온 이곳은 무려 1㎞ 깊이로 나갈 곳이라곤 오로지 들어왔던 구멍뿐이다.

이런 상태에서 뒷걸음질로 도망을 친다는 것은 어불성설이었다.

"젠장! 젠장!"

욕심은 화를 부른다고 했던가?

일확천금을 노리고 희귀 광물 광산에 왔다가 괜히 죽음을 목전에 둔 하진이다.

그는 죽을힘을 다해 역으로 포복을 했다.

스슥, 스슥!

팔은 어느새 다 까져서 피가 줄줄 흐르고 있고, 무릎은 관절에 무리가 가서 찌릿찌릿 통증이 일고 있었다.

하지만 그는 포기하지 않았다.

"살아야 해!"

있는 힘을 다 쥐어짜낸 하진. 그러나 운명은 그의 편이 아닌 모양이다.

쿠르르르릉, 콰앙!

"크아아아악!"

하진의 외마디 비명과 함께 그가 들어왔던 구멍은 단단히 막혀 더 이상 사람이 들어오고 나갈 수 없게 되어버렸다.

제3장
기구한 운명, 그리고 기연

깊고 깊은 동굴 안, 하진은 답답한 기분을 안고 눈을 떴다.

"쿨럭쿨럭!"

그는 눈을 뜨자마자 피를 한 움큼이나 토해냈다.

촤락!

"허억, 허억!"

그나마 살아 있다는 것을 인지하긴 했지만 팔다리를 움직일 수가 없었다.

아무래도 좁은 갱도가 무너져 내리면서 그의 몸 위로 육중한 광석이 통째로 내려앉은 모양이다.

하진은 팔다리 대신 목을 좌우로 움직여 보았다.

뚜둑, 뚜둑!

"후우, 목은 움직이는군. 척추가 나가진 않은 모양이야."

목이 좌우로 돌아간다는 것은 아직 척추가 부러지거나 신경이 다치지는 않았다는 소리이다.

다만 암석에 팔다리가 깔려서 더 이상 움직일 수 없는 것은 분명했다.

하진은 살며시 온몸의 힘을 뺐다.

"휴우, 그냥 여기서 죽을 모양인가 보다."

사실 그는 아버지가 불명예스러운 굴레에 갇힐 때부터 자신의 인생은 파탄에 이를 것이라고 직감했다.

그리고 얼마 후엔 차라리 죽는 것만 못하다는 생각을 수도 없이 했다.

"그래, 여기가 내 무덤이로군……."

그는 체념했다.

더 이상 희망이 없다고 생각한 것이다.

하지만 그런 그의 정신을 번쩍 들게 하는 것이 하나 있었다.

쩨에에엥!

"으윽!"

오로지 한 점이 되어 그의 망막을 건드리는 저 빛, 붉고 영롱한 저 빛이 하진의 정신을 번쩍 차리도록 만든 것이다.

그는 자신도 모르게 있는 힘껏 손을 움직였다.

으드드드득!

"크으으으윽!"

아무래도 팔꿈치가 부러졌는지 손을 움직일 때마다 극심한 통증이 느껴졌다.

하지만 어깨뼈가 단단히 붙어 있어서 아주 조금씩이지만 움직이는 것이 가능했다.

이번에 하진은 반대쪽 팔을 움직여 보았다.

뚜둑!

"끄아아아악!"

고통에 찬 하진의 비명이 동굴 안을 가득 채웠다.

그는 뇌수가 저리는 고통을 감수하면서 다리를 움직였다.

바로 그때, 신기하게도 하진은 몸이 점점 앞으로 나아갈 수 있게 되었다.

그리고 그는 이를 악물었다.

"…살아남을 것이다! 이렇게 죽느니 뼈가 가루가 될 때까지 발버둥 칠 것이다!"

하진은 뼈가 다 으스러지는 것도 잊은 채 오로지 앞으로 몸을 움직였다.

그런 그의 정성이 통한 것일까?

영롱한 붉은색 빛이 하진을 마치 자석처럼 빨아들였다.

슈가가가가각!

"크아아악, 크아아아악!"

하지만 자석처럼 끌려가는 동안에도 극심한 고통은 계속되었다.

하진은 그 안에서도 자신이 또렷하게 살아 있음을 느낄 수 있었다.

'나는 죽지 않았다! 나는 살아 있다!'

이윽고 하진의 앞에 붉은색 기운이 육각의 보석이 되어 그 실체를 드러냈다.

스르르릉!

영롱하고도 붉은색 보석의 중간에는 희미하게 무한의 영주에서 매번 거론되는 '절대 왕의 인장'이 새겨져 있었다.

하진은 단박에 이것이 전쟁의 원인이 되는 붉은 유성 조각, 즉 패왕의 인장이라는 것을 알아보았다.

"허, 허억!"

추후에 이 절대 왕의 인장은 네 개 열강이 피가 터지도록 싸우면서 무려 500번이나 뺏고 빼앗기고를 반복하게 된다.

무한의 영주는 각 왕국에 소속된 플레이어들이 영주가 되어 이 패왕의 인장을 빼앗고 적대 국가를 병탄시키는 게임이다.

그러니 이 패왕의 인장은 한마디로 절대자를 상징하는 인장이라고 할 수 있었다.

하진은 지금까지 CG로만 이 붉은색 보석을 보아왔지 실제로 본 것은 이번이 처음이었다.

"뭐지? 운이 좋다고 해야 하나? 뭐가 어떻게 돌아가는 거야?"

그는 가만히 절대 왕의 인장을 바라보았다.

붉게 빛나는 이 보석을 차지하기 위해 수많은 열강이 이 나라에 피를 흩뿌릴 것이다.

"내가 이것을 가지고 있어도 보석의 존재를 알았다고 죽일 텐데 이것을 내가 영주에게 바칠 필요는 없지 않나?"

그런 생각을 하자마자 붉은색 인장이 팔찌처럼 변하여 그의 팔에 달라붙었다.

촤락!

"어, 어어……?"

순간, 팔찌는 하진의 몸에 붉은색 신경 체계를 구축하여 그를 전혀 새로운 몸으로 탈바꿈시켜 나갔다.

뚜두두두둑!

"으아아악, 으아아아악!"

마치 몸이 시뻘건 피로 물든 것처럼 빨갛게 빛나더니 그 빛은 이내 그의 몸에 새겨지는 붉은 문신을 따라 흐르더니 몸속 깊숙이 빨려 들어갔다.

슈욱!

그러자 하진의 심장에는 이제 붉은색 기운이 넘실거리는 단단한 보석이 자리 잡게 되었다.

하진은 자신의 팔과 다리에 고통이 없어지고 신체가 예전보다 단단해졌음을 느꼈다.

그러고는 이내 정신을 잃고 말았다.

                    *   *   *

희귀 광물 제2채집장이 무너져 내린 지 나흘 후.

영지 제5막장 감독관 케일은 더 이상 생존자가 없다고 판단했다.

"이곳을 덮어라."

"예, 감독관님."

이미 갱도가 무너져 내리면서 지반까지 푹 주저앉았기 때문에 더 이상 기대할 수 있는 것은 없었다.

다만 희귀 광물 채집장 노동자는 거의 절반이 지원자로 이뤄지기 때문에 충원이 쉽지가 않았다.

그가 무너진 채집장을 나흘간이나 붙잡고 있던 이유도 바로 그 때문이었다.

"젠장, 이제 막 작업량이 늘어나고 있었는데 말이야."

요즘 제2채집장의 작업량이 안정적으로 늘어나고 있는데다 최근에는 오리하루콘이 15g이나 발견되어 점점 기대를 갖고 있는 중이었다.

그런데 이런 일이 벌어지다니, 심적인 타격까지 입은 케일이다.

퍽퍽퍽!

채집장의 입구를 흙과 돌로 덮도록 지시한 그는 성 내 술집이나 기웃거릴 생각이다.

"한잔하면 좀 낫겠지, 뭐."

하지만 바로 그때, 그의 상상을 초월하는 일이 벌어졌다.

쿠르르르르르릉!

"어, 어어어……?"

"감독관님! 갱도 안에서부터 진동이 느껴집니다!"

"진동? 어서 피해라!"

"예!"

부리나케 피신하는 광부들 뒤로 가는 물줄기가 뻗어 나오기 시작했다.

취이이이이익!

그리고는 그 물줄기는 서서히 거세지더니 채집장 입구를 덮은 흙과 돌을 밀어내었다.

푸하아아아악!

"으으으윽!"

아무래도 지하 암반이 주저앉으면서 수맥을 건드려 물이 터져 나온 모양이었다.

그런데 놀랍게도 그 안에선 한 사내가 축 늘어진 채 바들바들 떨고 있었다.

"쿨럭쿨럭!"

"어, 어……?"

"사, 사람이다! 사람이 있다!"

"세상에, 사람이 살아 있었어?"

케일은 그의 얼굴을 단박에 알아보았다.

"…그 지독한 놈이로군. 클클, 생각보다 명줄이 긴 모양이군."

그는 광부들에게 부상자를 데리고 막장으로 돌아가도록 지시했다.

*   *   *

사상 처음으로 희귀 광물 채집장에서 살아남은 하진은 억세게 운이 좋은 사나이로 소문이 났다.

막장 내의 사람들은 하진이 평생 쓸 운을 모두 썼다며 너스레를 떨었다.

"목숨을 건졌으니 앞으로 운이 따르긴 힘들겠군. 행운의 여신이 그리 너그러운 양반은 아니니 말이야."

"후후, 그런가?"

하진은 광부들에 섞여 또다시 광산으로 나갔다.

사람들은 그런 그를 바라보며 진저리를 치며 말했다.

"또 나가는가? 죽을 뻔하고도 지겹지 않아?"

"그렇다고 일을 안 할 수는 없지 않나? 매 맞아 죽을 텐데."

"흠, 그렇긴 하지만……."

사실 인장을 손에 넣은 하진은 일반인과는 조금 다른 신체를 갖게 되었다.

신경 조직 내로 정체를 알 수 없는 물질이 유입되어 신체 능력이 대략 네 배 정로 증강되었다.

그리고 고통을 받고 몸이 피폐해질수록 힘이 세지고 신체 능력이 그만큼 상승하는 능력을 갖게 되었다.

한마디로 몸이 고통을 받으면 받을수록 그는 점점 더 강해지는 것이었다.

물론 일정 수준 피를 흘리거나 머리가 달아난다면 일반인처럼 목숨을 잃게 될 터였다.

이제 그는 예전보다 훨씬 더 안정적으로 작업을 하게 되었다.

'조만간 자유민으로 올라갈 수 있겠어!'

쉬지 않고 일할 수 있다는 것은 무한한 가능성이 있다는 소리이다.

이곳까지 어떻게 왔는지 알 수는 없으나 앞으로 목숨을 연명하자면 무조건 일하는 수밖에 없었다.

땡땡땡!

하진은 여느 때처럼 아침 식사를 배급 받고 갱도로 나가려 했다.

하지만 모든 것은 그가 예상도 하지 못한 방향으로 흘러가고 있었다.

뿌우!

어디선가 나팔 소리가 들려왔다.

하진은 이 소리가 무엇인지 너무나도 잘 알고 있었다.

"습격?"

이 나팔 소리는 적군이 영지를 습격했을 때 울리는 것이다.

이윽고 그의 생각대로 경계병이 달려와 외쳤다.

"습격이다! 아케인 왕국의 병력이 몰려온다!"

"젠장!"

아케인 왕국은 엄청난 수의 기마병과 중갑기마병을 보유한 최강의 열강이다.

그런 그들이 공습을 시작했다는 것은 이미 다른 나라들도 움직일 준비를 했다는 소리다.

하진은 이제부터 열강들의 침공 시나리오가 시작되었다고 생각했다.

패왕의 인장을 손에 넣었다고 생각했더니 숨을 돌릴 틈도 없이 기마대에 밟혀 죽게 생겼다.

'제기랄, 어쩌면 좋나?'

광부들이 줄을 지어 쇠고랑을 차기 시작한다.

철컥!

목덜미와 양쪽 손, 발에 찬 쇠고랑은 이들의 도주를 미연에 방지하기 위한 것이다.

감독관은 갱도에 있는 5천의 광부들에게 외쳤다.

"적이 영지 깊숙한 곳까지 쳐들어왔다! 배럭에서 지금 기사단이 출정 준비를 하고 있으니 우리는 그 앞에 바리게이트를 치고 대기한다!"

"서, 설마……."

"영광으로 알아라! 전쟁에서 죽는 것이다!"

영주는 지금 막장 안의 광부들을 죄다 기사단 출정 시간을 버는 고기방패 용도로 사용할 모양이다.

한마디로 하진은 이제 적의 보병들에게 몸이나 비비다 죽는 신세가 되어버린 것이다.

'젠장, 젠장!'

그는 목덜미와 허리에 쇠고랑을 찬 채 전장으로 끌려 나갔다.

*　　　*　　　*

막 전투가 일어나려는 영지 안, 이미 외성은 뚫려서 병력이 다 들이치는 중이다.

보통 전투가 시작되면 그 어떤 영지라도 수비군이 먼저 적병을 맞아 탄탄한 방어진을 구성하게 된다.

하지만 만약 영주가 장수나 기사를 훈련시킨다는 명목으로 사냥을 보냈다면 상황은 180도 달라진다.

영주에게 장수와 기사들은 군대를 강력하게 만드는 원동력이 되기 때문에 수많은 병사들과 함께 사냥을 보내 단련시킨다.

이 단련에서 병사들에게 랜덤으로 부여된 자질이 표출되어 기사로 승급시킬 수 있는 포인트가 발견되기도 한다.

그중에선 장수로서의 기질이 보이는 특별한 병사들도 있어서 영주들에겐 영지 외 사냥이 필수로 거론되곤 했다.

하지만 영지 외 사냥터 레이드의 문제는 영지 안의 방어 병력이 그만큼 줄어든다는 소리였다.

영지를 지킬 병사들이 없으니 당연히 적의 기습에 효과적으로 대비할 수가 없는 것이다.

땡땡땡땡!

"대열을 갖춰라! 어서!"

방패도 주지 않고 대열부터 갖추라는 것을 보니 아무래도 장수나 기사들은 영지 안에 거의 남아 있지 않은 모양이다.

그나마 재생의 샘에서 재활 중이던 치료 병력을 이끌어내어 배럭에서 급히 무장시켜 방어에 활용하려는 의도인 것 같았다.

그 시간을 버는 것이 하진을 비롯한 이 남루한 광부들의 몫인 것이다.

두구두구두구!

사각형 큐브처럼 생긴 배럭에서 기사단이 대략 절반쯤 준비를 마쳤을 즈음, 저 멀리서부터 말발굽 소리가 들려왔다.

하진은 말발굽 소리와 함께 자신의 심장도 함께 요동치는 것을 느낄 수 있었다.

"후우!"

떨리는 손으로 쇠사슬을 부여잡은 하진은 진정한 전쟁의 공포를 느끼고 있었다.

지금까지 10년 넘도록 군에 있으면서 파병부대에서 직접 전쟁까지 경험했지만 그런 그에게도 여전히 전쟁은 공포로 다가왔다.

다만 다른 사람보다 조금 더 정신이 멀쩡하다는 것이 유일한 위안거리였다.

긴장감으로 가득한 대열, 광부들은 어리둥절한 표정으로 전방만 응시하고 있었다.

이들은 지금 자신이 어떤 상황에 처해 있는지도 잘 모르는 것 같았다.

'다 같이 죽겠군.'

바로 그때, 하진의 눈앞에 중무장한 기병대가 일렬로 그 위용을 드러냈다.

"와아아아아!"

"칼리어스를 위하여!"

중갑기병대는 공격 유닛 중에서도 가장 방어력이 높고 돌파력도 대단한 병과다.

하지만 중갑기병의 공격력은 다소 낮은 편에다 공격 속도도 느려서 그냥 적을 앞으로 밀어내고 진영을 흩뜨리는 용도로 사용하거나 순수하게 몸빵 유닛으로 사용되곤 한다.

그렇다 하더라도 광부들이 중갑기병의 말발굽에 치이면 살아남긴 어렵다고 봐야 할 것이다.

두구두구두구!

게임 내에서 표현되었던 중갑기병의 총 무게는 무려 1.5톤, 어지간한 차만큼 무거운 중량이다.

하진의 기억대로 중갑기병의 무게와 돌파력은 충격과 공포 그 이상이었다.

퍽퍽퍽퍽!

"끄아아악!"

"대열을 지켜라!"

"돌격! 돌격하라!"

중갑기병이 짓밟고 지나간 자리엔 사람의 선혈과 내장 조각이 팔레트 위의 물감처럼 흩뿌려져 있다.

그리고 그 위를 다시 후대의 중갑기병이 밟고 지나가 뇌수와 장기 내액이 사방으로 튀었다.

아수라장, 이곳은 무간지옥 끝 난장판 그 자체였다.

"우웨에에엑!"

"고개를 들어라! 그리고 적을 무조건 막으란 말이다!"

"나리, 살려주십시오!"

"이들을 막으면 살 수 있다! 하지만 이들을 막지 못하면 그나마 일말의 희망도 없다! 끝까지 버티란 말이다!"

"으으……!"

실제로 광부들의 전투 현장을 세세히 살펴보면 공포감으로 인해 부산스럽게 이곳저곳을 돌아다니기 바빴다.

그래서 감독관들은 그들을 쇠사슬로 묶어 도망가지 못하도록 한 것이다.

이러니 당연히 적들을 몸으로 비비는 광경이 연출될 수밖에 없었다.

아마도 게임 내에서 그들이 곡괭이 랜덤 타격을 한 것은 이런 부산스러운 움직임 속에서 아주 가끔 타격의 기회가 찾아왔기 때문일 것이다.

하지만 일이야 어찌 되었던 지금은 하진 역시 이 무력한 사람들과 별반 다를 것이 없다는 것이다.

다른 것은 몰라도 손발이 꽁꽁 묶여서 무기다운 무기를 찾기도 힘들었기 때문이다.

"젠장, 젠장!"

공포와 죽음이 교차하는 아비규환, 하진은 이제 곧 자신도 이들을 따라갈 것이라고 확신했다.

하지만 죽음에 이르기 전, 하진에게 놀라운 일이 벌어졌다.

"이힝힝!"

"으헉!"

중갑기병의 돌격 대열 두 번째 줄이 광부들의 저지선을 돌파할 쯤, 산더미처럼 수북이 쌓인 시체 더미를 건너던 기수가 중심을 잃고 그 자리에 쓰러지고 만 것이다.

쿠웅!

"크헉!"

"……!"

많은 것을 생각할 시간이 없었다.

분명한 것은 이놈이 자리에서 일어서면 분명 하진을 죽일 것이라는 사실이다.

하나 지금 손을 쓴다면 충분히 숨통을 끊어놓을 수 있었다.

그는 빠르게 주변을 돌아보았다.

"철 조각!"

중갑기병의 온몸이 중갑으로 둘러싸여 있기 때문에 어지간한 공격으로는 피해조차 주기 힘들다.

그 때문에 궁수들과 검사들이 가장 꺼리는 병종 중 하나이며 보병부대와 단일 병종끼리 맞붙으면 일방적인 골육상잔이 일어나기도 한다.

하지만 유일하게 어쌔신들은 정밀 타격이 가능하기 때문에 중갑기병을 손쉽게 사살하곤 했다.

그들이 노리는 곳은 목덜미. 유일하게 철갑을 덧대기 힘든 급소이다.

하진은 주변에 널브러져 있는 철 조각을 손에 쥐었다.

'기회는 많지 않다!'

그는 최대한 집중력을 발휘하여 기병의 목덜미를 후려쳤다.

퍼억!

"쿨럭쿨럭!

뭐가 뭔지 몰라도 지금 하진이 이 사람을 죽이지 못하면 자신이 죽을 것은 분명했다.

그는 미친 듯이 중갑기병을 내려쳤다.

퍽퍽퍽퍽!

기병은 하진의 손에 목덜미가 뚫려 죽어버렸고, 그의 혈관에서 붉은 선혈이 분수처럼 뿜어져 나왔다.

푸하아아아악!

"허, 허억, 허억!"

피를 온몸에 뒤집어쓴 하진은 그 자리에 털썩 주저앉고 말았다.

'사, 살았나?'

안도의 한숨을 내쉬던 바로 그때, 하진의 뒤로 중갑기병의 창이 날아와 꽂혔다.

퍼억!

"크허억!"

하진은 등 뒤로 엄청난 양의 피를 흘리며 정신을 잃어갔다.

*   *   *

하진이 정신을 잃고 얼마가 지났을까?

그의 몸은 아주 뜨거운 불덩이에 들어간 것처럼 붉게 달아올라 있었다.

그리고 잠시 후, 그의 눈과 귀에서 밝은 빛이 새어 나왔다.

지이이잉, 팟!

"허억!"

온몸이 땀으로 범벅이 된 하진은 이내 정신을 차렸다.

눈을 뜬 그의 앞에 십자가 문양이 마구 붙은 천막이 있다.

"이, 이곳은……?"

붉은색 십자가는 후송대를 상징하는 문양이고, 이것은 보통 전투가 끝난 후 재생의 샘 근처에 세워진다.

그는 자신의 등에 뚫린 구멍을 찾기 위해 손을 뒤로 돌렸다.

"사, 상처는……?"

이미 상처는 씻은 듯이 나아 있고, 그의 팔에는 선명하게 Lv.2라는 글귀가 적혀 있었다.

"레벨이라……."

도대체 누가 새긴 것일까?

만약 이것을 사람이 새겼다면 어째서 이런 글귀를 새긴 것인지 의문이 드는 하진이다.

잠시 후, 침상에 누워 있던 하진에게로 한 무리의 사내들이 다가왔다.

철컹, 철컹!

풀 플레이트 메일을 걸친 사내들, 가슴에는 비상하는 매의 문장이 새겨 있다.

그들은 하진에게 노란색 옷과 군번줄을 건넸다.

찰랑!

"일어나라. 보병으로 징집되었다."

"보, 보병……?"

"지금 일어나지 않으면 다시 탄광으로 보내 버릴 것이다."

순간, 하진은 자신도 모르게 자리에서 일어나 재빨리 군복부터 몸에 끼워 넣었다.

새삼 햇병아리 소위 시절이 지금 와서 다시 되풀이되는 것 같다.

그는 무려 3초 만에 환복을 끝냈다.

"다, 다 입었습니다!"

"생각보단 꽤 빠릿빠릿하군. 좋아, 나와 함께 보병 2중대로 간다."

"예? 예!"

영문도 모른 채 온통 흰색 천으로 되어 있는 막사를 빠져나오니 하진의 눈앞에는 눈부신 빛이 내려왔다.

째앵!

"으윽!"

그 빛에 자신도 모르게 몸을 웅크린 하진은 가까스로 시선을 다잡았다.

그러자 그의 눈앞에 너무나도 익숙한 인터페이스가 자리 잡고 있다.

"허, 허억!"

아주 정갈하고 깔끔한 맛이 있는 진행 화면, 이것은 무한의 군주가 처음 출시되고 난 후 첫 번째 자랑거리로 삼았던 것이다.

지금 하진의 눈앞에는 무한의 군주에서 본 인터페이스 창이 그대로 펼쳐져 있었다.

마치 홀로그램으로 만든 듯 시선이 따르는 대로 인터페이스가 따라오고 있는 것이다.

다만 몇 가지 게임과 다른 것이 있다면 캐릭터 정보창, 스킬창, 인벤토리 정보, 소속 부대, 소속 영지 현황 외엔 다른 기능은 들어 있지 않았다.

원래는 영주가 관리하는 영지의 모든 부대시설과 재야인사 등용과 같은 세부 관리 시스템이 함께 등재되어 있어야 한다.

아무튼 지금 중요한 것은 하진은 게임과 현실의 중간, 그 애매한 경계에 끼어 있다는 점이다.

'스텟과 스킬이라……. 이거 진짜 게임인가? 아닌가? 도대체 뭐가 뭔지 모르겠군.'

다소 멍한 표정이 된 하진에게 풀 플레이트 메일의 사내가 물었다.

"뭔가, 제군? 잘못된 것이라도 있나?"

"아, 아닙니다!"

"그럼 가자고."

"예!"

풀 플레이트 메일의 사내는 머리 위에 제2배럭 소속 2보병중대장이라고 쓰여 있다.

아마도 이 사람이 바로 병사들을 관리하는 기사인 모양이다.

'역시 체계도 같고 인터페이스도 같고……'

기사를 보고 나니 한층 더 헷갈리는 하진이다.

하지만 확실한 것은 지금 당장은 하진이 알아낼 수 있는 것이 없다는 것이다.

* * *

칼리어스 중앙지역 칼리아니스 강 유역.

이곳으로 레일슨의 왕실 근위대 2천 명과 백화기사단 예하 1천 명의 병력이 집결하고 있다.

레일슨은 왕실 근위대 선두에 서서 말을 몰고 있었는데, 오늘은 중앙 참모장이자 재상인 피로츠가 보이지 않는다.

레일슨은 근위대장 제피로스에게 아주 나지막한 목소리로 물었다.

"피로츠는 지금 어디쯤 당도했다고 하는가?"

"아나스타스 남작령 인근에 도착했다가 금방 회군했답니다."

"회군?"

"아케인 왕국에서 병력을 1만이나 급파했답니다. 하여 영지의 방어 병력과 국경 수비대가 혈전을 벌였답니다."

"아케인……!"

잠시 후, 레일슨에게로 초주검이 된 병사 한 명이 달려왔다.

"전하, 전갈이옵니다!"

"어서 이자를 부축하라!"

병사들이 전령을 부축하자 그는 품속에 잘 갈무리하고 있던 핏빛 전갈을 건넸다.

"재, 재상께서 이것을……"

레일슨은 재빨리 전갈에 붙어 있는 봉인을 뜯어냈다.

회군하십시오.

아케인 왕국에서 작정하고 군사를 일으켰습니다.

작전은 실패입니다.

그나마 헤이슨 제국에서 함대를 파병하지 않았다면 지금쯤 우리는 멸망하고 말았을 겁니다.

아무래도 일이 너무 많이 꼬여 버린 것 같습니다.

다른 방법이 없습니다.

일단 수도로 돌아가 방어 기지를 구축하고 헤이슨 제국과 협상을 벌이시는 것이 옳은 줄로 사료됩니다.

레일슨은 전갈을 거칠게 구겼다.

"제기랄!"

"저, 전하?"

"지금 당장 병력을 회군시키라!"

"아나스타스 남작은 어쩌시고……."

"회군하라! 한시가 급하다!"

"예, 전하!"

그는 재빨리 군사를 이끌고 동부 국경 지대로 향했다.

칼리어스 서부 늪지대 인근.

"허억, 허억!"

피투성이의 사내가 말을 타고 늪지대를 가로지르고 있다.

그는 자신의 가슴 속에 있던 백작 작위 수여 어지를 갈가리 찢어버렸다.

촤락!

"빌어먹을 자식, 초치는 것은 여전하구나!"

칼리어스의 재상 피로츠는 아나스타스 남작령에 백작의 작위를 내리고 붉은 유성을 가진 영지로 대대적인 공표를 할 생각이었다.

붉은 유성은 제왕을 상징하는 징표이니 이것이 아나스타스 남작령에 떨어졌다는 것을 알게 된다면 열강들이 이곳을 점령하기 위해 수단과 방법을 가리지 않을 것이다.

일이 잘 풀린다면 칼리어스는 아나스타스를 열강들에게 던져주고 적당한 선에서 전쟁자금만 조달해 주면 될 터였다.

하지만 아나스타스 남작이 작위를 받기도 전에 아케인 왕국에서 병력을 급파하여 남작령을 쑥대밭으로 만들어 버렸다.

그나마 국경 수비대가 호수비를 펼친 틈을 타 헤이슨 제국의 함대가 남부 해안에 도착했기에 망정이지 그렇지 않았다면 나라가 망할 뻔했다.

그는 아나스타스 남작령에서의 전쟁에 휩쓸렸다가 근위대 병력 200명을 모두 잃고 홀로 패주했다.

아케인이 서부 국경 지대까지 닿았다는 것은 이제 곧 전쟁이 임박했다는 뜻이다.

"늦었다! 내가 조금 더 일찍 손을 써야 했거늘……!"

저들은 이제 패왕의 인장을 찾겠다고 나라를 들쑤실 것이다.

운이 좋아서 헤이슨 왕국과 협상을 할 수 있다고 해도 동서남북으로 들이칠 열강들을 막아내자면 희생은 불가피하다.

"…잘못하면 나라가 분열될 수도 있겠어."

그는 더 늦기 전에 동부지대 수도령으로 돌아가기 위해 말을 달렸다.

*   *   *

이곳 아나스타스 남작령에는 총 세 개의 배럭이 위치하고 있다.

총 인구는 1만 명. 그중에서 절반은 노동자이고 5백 명의 병력이 배럭 내 기사단에 배속되어 있었다.

배럭은 기사단이 주둔하는 건물로서 이 안에는 영지의 모든 병력과 기사들이 상주하고 있다.

또한 징집된 신병을 훈련시키고 일반 병사와 기사들의 훈련도 겸하도록 되어 있었다.

한마디로 이곳은 병력이 훈련하고 생산되는 주둔지와 같은 셈이다.

만약 적의 습격에서 배럭이 파괴된다면 실시간으로 대략 삼일간 병력을 훈련시키거나 주둔시킬 수 없게 된다.

때문에 영지 방어군은 외성이 뚫리면 가장 먼저 배럭부터 방어하도록 설계되어 있었다.

하진은 지금까지 배럭 내부가 어떻게 생겼는지 한 번 본 적도, 그렇다고 그 안을 상상해 본 적도 없었다.

게임을 하다 보면 그냥 배럭은 생산 건물로서 생각될 뿐 그 안에서 어떻게 생활하는지는 관심을 잘 갖지 않기 때문이다.

쿠웅!

네모난 형태의 배럭이 열리면서 그 내부의 모습이 하진의 눈앞에 펼쳐졌다.

까앙, 까앙!

보병들이 검과 창을 들고 훈련하는 배력의 중앙 연무장을 중심으로 각이 딱딱 잡힌 내무반이 배열되어 있다.

아마도 이곳에선 하루 종일 훈련을 받고 잠을 자는 단순한 생활이 반복되는 모양이다.

'쳇바퀴 안의 다람쥐 같은 생활이구나.'

하진은 2중대장을 따라서 배력 2층의 보병 막사로 향했다.

2중대

나무로 만든 푯말을 지나고 나니 대략 300명가량의 병사들이 대기하고 있다.

2중대장은 하진을 병사들에게 소개했다.

"주목하라."

"주목!"

"신병이 왔다. 다들 잘 알고 있겠지만 국경 수비대의 병력 손실로 인해 레벨 2의 광부들은 전부 보병으로 차출되었다. 그러니 레벨이 낮다고 해서 차별하는 일이 없도록 하라."

"예, 대장님!"

중대장이 막사를 나서자 병사들이 하진에게 질문을 던졌다.

"좋아, 레벨이 낮은 것은 인정하겠어. 그럼 성급과 등급은 어떻게 되지?"

"등급?"

"오른쪽 팔에 등급이 나와 있을 것 아닌가?"

하진은 캐릭터 스텟 창보다 먼저 자신의 팔을 들어 올렸다.

하지만 아무런 징표도 나타나 있지 않았다.

"으, 으음?"

"…등급이 없다고?"

"등급이 없는 사람도 있던가?"

모든 유닛은 등급과 성급, 그리고 레벨을 가지고 있다.

레벨은 경험치가 상승하면서 올라가는 유닛 고유의 등급이다. 그리고 성급은 해당 레벨의 평점과 같은 것이다. 이 성급이 올라가게 되면 동 레벨의 유닛이라고 해도 스텟과 스킬에서 많은 차이가 난다.

그리고 등급, 이 등급이라는 것은 유닛이 가진 자질을 평가하는 단위이다.

예를 들어서 같은 광부라고 해도 등급이 높다면 집중적인 관리로 병사나 장수로 키우기도 한다.

등급은 F부터 트리플 S등급으로 나뉜다. F는 최하위 계층, 즉 노동자 계층에게 부과되는 등급이다.

이들은 아무리 발버둥을 쳐도 더 이상 위로 올라갈 수가 없다.

그리고 한 단계씩 등급이 높아질 때마다 능력이 엄청나게 차이가 나는데, F와 트리플 S등급은 대략 500~600배 차이가 난다.

한마디로 하늘과 땅 차이라는 소리다.

이 모든 것은 팔뚝에 나타나게 되는데, 이 중에서 등급이 없다는 것은 병사들 사이에선 아주 충격적인 일인 모양이다.

"등급이 없다. 무등급에 대한 얘기를 들어본 것 같기는 해."

"무등급?"

막사장 케이슨이라는 병사가 하진을 바라보며 말했다.

"가끔 병사들 중에는 등급이 없는 사람이 있대. 물론 아주 오래된 얘기이지만 전설적인 장군들은 전부 등급이 없었다고 하더군."

"아아……!"

"하지만 그와 반대로 거지들도 등급은 없지."

"큭큭, 그럼 이놈은 그냥 거지인 모양이군."

"……."

하진은 자신의 인터페이스에서 캐릭터 정보를 확인해 보았다.

[Lv.2 — 25%]

그는 속으로 고개를 갸웃거렸다.

'이상하군. 정말로 등급이 나와 있지 않아. 이 세계에서도 레벨과 등급이 중요한 모양인데 등급이 없다니……'

팔에 등급이 없긴 했지만 병사들은 크게 신경 쓰지 않는 것 같았다.

"뭐, 어차피 이곳에 들어온 놈들 중에서 절반은 며칠 후에 죽을 텐데 뭔 상관이야? 등급 좀 없다고 죽을 놈이 안 죽는 것은 아니니까."

"하긴."

아무래도 워낙 많은 사람이 죽는 이곳이다 보니 크게 신경 쓰지 않는 모양이다.

막사장은 하진에게 신병교육대의 입소에 대해 설명했다.

"배럭 내의 신병교육대로 가야 할 거다. 그곳에서 기본 군사 훈련을 받고 나면 곧장 실전 투입이다. 그 후엔 뭐 배럭을 재편성할 수도 있으니 그때 가서 안내를 받도록."

"예, 알겠습니다!"

하진은 막사장을 따라서 신병교육대로 이동했다.

제4장
이상한 병사

　신병교육대로 입교하는 날, 하진은 모병관에게 팔뚝을 몇 번이나 보여주고 있다.

　"…등급이 없다니, 편성에 어려움이 있겠군."

　"그래도 레벨과 공격 스킬 등이 룬어로 남아 있으니 전투에 이상은 없을 겁니다."

　"흠, 그건 그렇군. 어차피 보병은 금방 소모되니 큰 문제는 없지."

　사람을 소모품으로 생각하는 것은 어쩌면 인권 유린이지만 이곳에선 그런 사소한 것쯤은 쉽게 무시되었다.

하진은 이곳에 오면서부터 한 가지 확신을 갖게 되었다.

이곳은 게임의 세상이지만 엄연한 현실 세계이며, 전체적인 흐름이 게임의 시나리오를 따라가고 있었다.

그렇다는 것은 이곳이 바로 '무한의 영주'이며, 하진은 그 세계로 들어와 버린 것이다.

몇 가지 같고 다른 점이 있는 이곳이지만 이곳에서 죽으면 하진도 함께 죽어 흙으로 돌아갈 것이 분명했다.

'게임에 들어왔다. 이것을 인정하고 앞으로 이곳에 뼈를 묻어야겠군.'

하진은 결심을 굳혔다.

척!

경례 구호를 올린 하진이 말했다.

"보병이 되고 싶습니다!"

"보병?"

"예, 그렇습니다!"

"이유는?"

"그렇게 된다면 밥은 굶지 않을 것 같습니다!"

"하하, 밥을 굶지 않는다. 뭐, 우리 영지가 부유한 것은 사실이지. 하지만 보병은 가장 먼저 죽는다. 그건 알고 있나?"

"물론입니다!"

"좋아, 신의 가호가 함께하길."

모병관은 하진의 등급을 B급으로 표기했고, 그 등급에 대한 추천 병과는 보병으로 적었다.

이제 하진은 거의 100% 보병으로 발령 날 것이다.

하진은 모병관을 따라 훈련장으로 향했다.

＊　　　＊　　　＊

하진은 배럭 안에서 일주일 동안 기본 병과 훈련을 받게 되었다.

이미 자질에서 보병에 대한 등급 평가를 받았으니 검과 창에 대한 훈련만 받으면 되는 셈이다.

"하나에 찔러!"

"하나!"

피융!

렌스를 손에 쥔 하진은 자신의 앞에 있는 허수아비를 찌르면서 때때로 발동되는 패시브 스킬의 효과를 느꼈다. 하진은 레벨 2로 오르면서 스텟과 스킬 포인트를 각각 1포인트씩 부여받았다.

그의 눈에 홀로그램처럼 보이는 인터페이스에 스텟과 스킬의 포인트를 장입시키면 현실에서 그것이 발현되었다.

지금 하진은 자신의 머리에 들어 있는 보병 계열 장수의 육성법을 떠올리며 자신을 육성시키는 중이다.

보통 보병 계열 장수를 키울 때엔 체력 스텟을 집중적으로 올리고 패시브 위주의 스킬을 습득하여 육성하는 편이 좋다.

그 이유는 패시브 스킬이 가져다주는 시너지 효과가 초반 사냥과 경험치 상승에 영향을 주기 때문이다.

그는 처음 자신에게 주어진 스킬 포인트를 '스피어 마스터'에 과감히 투자했다.

스피어 마스터에는 스텟 포인트에 대한 보너스 1%와 스킬 레벨에 대한 보너스 0.5%, 경험치 획득 버프 5%가 걸려 있다.

훈련 도중, 찬찬히 스킬트리를 살펴보던 하진은 이전에는 볼 수 없던 스킬트리가 생긴 것을 알 수 있었다.

그의 스킬트리에는 '오오라'와 '신체 단련'이라는 장이 새롭게 자리 잡고 있었다.

하진은 이것이 바로 패왕의 인장이 가져다준 특권이라는 것을 알 수 있었다.

오오라는 자신을 포함한 군사, 혹은 파티원들에게 시너지 효과를 실어주는 효과가 있다.

공격력을 높여주는 맹공, 타격 저항력을 높여주는 인내, 마법 저항력을 높여주는 독려, 초당 1의 마나 포인트를 회복시켜 주는 지략, 초당 5의 체력 포인트를 회복시켜 주는 단련이 바로 그것들이다.

이 모든 것은 각종 병과의 전직 이후에 사용하게 되는데, 추후 전직에 따라서 더욱 상위 개념의 스킬 사용이 가능했다.

오오라가 광범위 패시브라면 개인 패시브가 바로 신체 단련이었다.

스킬 레벨 1마다 체력을 100% 상승시키는 신체 단련은 보병에게 최적화된 옵션이다.

그리고 그를 이어 레벨 1마다 적의 체력을 0.1%씩 흡수하는 흡혈, 레벨 1마다 마력을 0.1씩 흡수하는 흡혼, 다수의 적에게 대미지가 관통되도록 해주는 쐐기, 레벨 1마다 스턴 확률과 시간이 0.5%씩 증가하는 폭발이 공격 보조 스킬이다.

또한 방어 보조 스킬로는 적의 공격 대미지를 고스란히 반사시키는 역공, 모든 속성 저항력을 높이는 신기 저항이 있었다.

이 모든 스킬을 일정 포인트 이상 올리게 되면 궁극기인 철벽을 배울 수 있었다.

철벽은 15초간 무적 상태가 되며, 고유 스킬인 라이트닝 사이클이 장벽처럼 적의 공격을 반사하여 나타나게 된다.

'목숨을 잃을 뻔하긴 했지만 제대로 건졌군. 이 정도면 레벨업 할 맛이 나겠어.'

그는 레벨업을 위해 열심히 훈련에 임했다.

일주일 후, 기본 병과 훈련 마지막 날이 밝았다.

배럭에서는 각 훈련병들에게 알맞은 무기와 방어구 등을 배분해 주었다.

"1011번, 장비를 지급 받을 수 있도록."

"예, 알겠습니다!"

"자네에게 배정된 장비는 렌스와 사각 방패, 그리고 중갑방어구 세트군."

"감사합니다!"

각자 성향에 맞는 장비와 방어구를 받고 나면 병사에겐 그에 따른 특기가 부여된다.

그 특기에 따라 공격대에서 하는 일이 정해지고 나중에는 성장의 밑거름이 될 테니 이는 아주 중요한 일이라고 할 수 있었다.

하진에게는 기본형 사각 방패와 렌스, 그리고 중갑으로 이뤄진 '일반 사병의 방어 세트'가 지급되었다.

일반 사병의 방어 세트에는 스피어 마스터 스킬을 올려주는 패시브와 체력 흡수, 방어력 증가 등이 인첸트 되어 있다.

이로써 하진은 자신이 생각하는 가장 빠른 레벨업과 안정적인 스킬트리를 구성할 수 있게 되었다.

이곳에서 아이템은 각각 마법과 특성이 부여되어 있는데, 게임과 별반 다를 것이 없는 옵션들이다.

다만 게임과 다른 점이 있다면 현실에서 그것이 발현되어 신체에 직접 영향을 끼친다는 점이다.

아이템을 모두 착용한 하진은 피부가 조금 더 단단해지는 것을 느낄 수 있었다.

'좋아, 스피어 마스터가 올라가니까 레벨 4에는 공격 스킬에 투자할 수도 있겠군.'

훈련병의 방어구 배분이 끝나고 난 후 영지군은 배력을 재편성하고 공격대를 재구성하였다.

신병들을 받았으니 이들을 공석에 끼워 넣어 군대를 재조직하는 하려는 것이다.

"1번, 55번, 57번, 90번, 981번, 1011번, 제2배력 공격대로 배정되었다!"

"예, 알겠습니다!"

하진의 번호는 1011번, 제2배력 공격대에 배정되었다.

공격대는 각 배력에서 사냥을 담당하는 병사들로서 레벨에 상관없이 무작위로 차출된다.

나머지 병력은 방어 병력으로 성을 지키거나 수색대에 배속될 것이다.

제2배력 소속 공격대장이자 영지군 훈련 담당 장수인 엘리우스는 내일 있을 몬스터 레이드에 대해 공식 발표를 했다.

"배분이 끝났으니 명일의 레이드에 대해 발표하겠다. 이번 레이드는 총 250명 규모로서 총 40일간의 일정으로 진행될 것이다. 장소는 북부 늪지대이며, 아이템의 발견이나 전리품의 취득은 각자 개인에게 자율 배분해 주겠다."

"예, 장군!"

"레이드 책임자는 기사 칼리드이며, 부관으론 선임 병사장 오르튼이 맡는다."

"예, 알겠습니다!"

레이드에서 드랍되는 아이템은 장수나 기사에게 자동으로 몰아줄 수도 있다.

하지만 이곳의 영주는 각자 병사들이 아이템을 받아 스스로 귀속시킬 수 있도록 한 모양이다.

'운이 좋군.'

늪지대에 사는 몬스터들은 주로 수속성, 즉 치료 기능이 붙은 아이템을 잘 드랍한다.

몸빵 유닛으로 살아가야 할 하진에겐 더없이 좋은 기회라고 할 수 있었다.

그는 이번 기회를 최대한 살리기로 했다.

*   *   *

다음날, 하진은 제2배럭의 기사단과 함께 영지 북부의 늪지대로 레이드를 떠나게 되었다.

우웅, 우웅!

여기저기에서 음습한 분위기의 새소리가 들려오고 있다.

'맵의 레벨이 대략 5쯤 되겠군.'

하진은 이곳에 들어서자마자 지역의 특성을 파악할 수 있었다.

워낙 오랫동안 게임을 하다 보니 눈대중만으로도 모든 것이 파악되었다.

늪지대 유형의 맵에는 보통 악어 계열 몬스터와 뱀, 원숭이, 하마와 같은 계열 몬스터가 서식한다.

레벨 1의 늪지대에는 아주 기본적인 원형 몬스터와 동식물들이 살고 있지만 레벨이 높아질수록 위험한 몬스터들의 빈도가 높아지게 된다.

지금 이 레벨 5의 늪지대 같은 경우엔 트로클이라는 몬스터가 서식하는데, 적정 사냥 레벨은 5~6 사이이다.

기타 엘리게이터나 식인식물 같은 경우에도 레벨 4가 넘지 않기 때문에 지금 이 레이드의 인원은 적정한 수준의 레이드에 참여하게 된 셈이다.

하지만 이런 트로클은 무리 사냥을 하기 때문에 너무 많은 패거리와 마주하게 되면 골치 아프다.

그렇기 때문에 레이드 책임자는 병사들을 안전하게 인도하여 최대한 능력에 맞는 사냥을 하게 할 필요가 있었다.

촤륵, 촤륵.

대열의 선두에 선 하진은 늪지대에 있는 작은 계곡에 몸을 반쯤 담근 채 천천히 이동하고 있었다.

그는 방패를 앞세운 채 전방을 예의 주시했다.

행여나 원숭이형 몬스터 트로클이나 유인원 주술사 같은 원거리 몬스터가 선제공격을 할 수도 있기 때문이다.

'레벨 5라……. 조금은 무리가 있을 수도 있겠지만 사람이 많아서 죽지는 않겠군.'

아직 레벨 3의 하진에게 5레벨 습지는 상당히 무리가 따르는 곳이다.

하지만 워낙 인원이 많고 하진의 병과가 보병이라 큰 문제는 되지 않을 것이다.

촤륵, 촤륵.

천천히 이동하던 기사단의 대열, 그 중간에 선 칼리드는 자꾸 지도를 바라보며 헛소리를 해댔다.

"이상하네. 분명 이 방향이 맞는 것 같은데……."

칼리드는 벌써 네 시간째 같은 곳만 계속 맴돌도록 지시하고 있었다.

원래 예정되어 있는 루트를 찾지 못한다는 것은 지도를 제대로 볼 줄 모른다는 말이다.

'빌어먹을. 이놈, 독도법과 전략 전술 스킬을 익히지 못했나?'

이곳에서의 스킬은 병과에 따라서 획일화되어 있는데, 익힌 스킬은 룬어로 표기되어 왼팔에 문신으로 나타나게 된다.

게임에서의 스킬은 플레이어가 직접 지정해서 올릴 수 있지만 이곳에서는 다르다.

각자 사람이 가지고 있는 성향과 자질에 따라서 그에 맞는 스킬이 정해진다고 했다.

한마디로 능력이 있는 사람은 좋은 스킬을 얻게 되고 그렇지 못하면 살아가는 데 전혀 쓸모가 없는 스킬만 익히게 되는 것이다.

그런 의미에서 모든 것을 자신의 마음대로 육성시킬 수 있는 하진의 경우엔 완벽에 가까운 사람이다.

칼리드 역시 원래 이곳에 있던 사람이니 당연히 자신의 성향과 자질에 따라서 스킬이 내려졌을 터이다.

아무래도 그는 사냥에 필요한 스킬이 전혀 없는 그냥 훈련병 관리의 목적으로 기용된 기사가 분명해 보였다.

'큰일이군. 이대로라면 엉뚱한 방향으로 들어설 수도 있겠는데……'

각 맵에는 보스 몬스터들이 있는데, 이들이 해당 맵의 최상위 포식자라고 할 수 있다.

비록 레벨 5의 보스 몬스터라곤 하지만 그 위력은 생각보다 대단하다.

게다가 수많은 트로클과 보스 몬스터가 함께 나타나면 레벨 5 이상의 위력을 낼 수도 있었다.

레벨 5이긴 하지만 결코 무시할 수 없는 놈들이 바로 저 레벨 보스 몬스터들이었다.

촤륵, 촤륵.

짙은 안개를 헤치고 나가던 공격대, 그들에게 하진의 불안한 예상대로 재앙이 찾아들기 시작했다.

"우끼끼끼!"

"트로클이다! 방어 태세를 갖춰라!"

촤라라락!

트로클은 인간과 비슷한 크기의 유인원 몬스터로 돌을 집어 던지거나 돌도끼로 사람을 때려죽이곤 한다.

성질이 포악하고 나무를 잘 타기 때문에 지나가는 사람들에게 무작위로 돌을 집어 던져 사망에 이르게 한다.

퍽퍽퍽!

사방에서 쏟아지는 돌멩이를 막아내랴, 진영에 뛰어든 트로클을 상대하랴 기사단은 정신이 하나도 없어 보였다.

"좌측이다! 좌측을 막아라!"

"우측에도 몬스터가 출현했습니다!"

"제기랄! 그럼 우측도 막아!"

"머리 위로도 돌덩이가 떨어집니다!"

"뭐, 뭐라!"

"대장님, 전방에 트로클 무리가 계속 나타나고 있습니다!"

우왕좌왕하는 하는 모습이 그야말로 오합지졸이 따로 없었다.

하진은 이 모든 상황에 홀로 남겨진 것 같은 느낌이 들었다.

'빌어먹을, 부관으로 따라온 오르튼 역시 지휘 계열 스킬은 없는 모양이군.'

기습에 대비하는 반응 속도는 캐릭터마다 다른데 그중에서도 지휘 체계 스킬을 가진 유닛이 대처 능력이 가장 뛰어나다.

만약 지휘 체계 스킬이 없다면 작은 공격에도 이렇게 당황할 수밖에 없었다.

그것도 아니라면 기사로 승급했을 때 충분한 교육을 받아야 할 텐데 그런 대책이 전혀 없는 모양이다.

하진은 목숨을 걸고 공격대장 칼리드에게 달려가 자신의 의견을 전했다.

"대장님, 지금 당장 병력을 늪지대 막다른 골목으로 데리고 가서 배수의 진을 치시지요! 트로클은 우리의 방어진을 뚫지 못하니 뒤만 잡히지 않으면 충분히 사냥할 수 있을 겁니다!"

"빌어먹을! 그랬다가 작전이 실패할 경우엔 어떻게 할 것인가!"

"위험을 감수하지 않는 작전은 없습니다! 더군다나 이대로 가만히 있다간 전부 몰살입니다! 차라리 싸우다 몰살을 당하는 편이 낫지 않겠습니까?"

"몰살! 작전에 있어 몰살을 운운하다니!"

스룽!

"죽여주마!"

"…대장님!"

눈을 질끈 감은 하진이나 그때 칼리드의 선임 병사장들이 하진의 말에 따르자고 주장했다.

"대장님, 잠시만 고정하십시오! 일개 병사의 말이긴 하지만 이 상황은 죽도 밥도 안 될 것임은 분명합니다! 차라리 배수의 진을 치는 것이 옳을 것 같기는 합니다!"

"뭐라?"

"이자의 말에 따라서 우리가 산다면 좋은 일 아닙니까? 만약 이자의 작전이 허무맹랑하다고 판단되면 그때 가서 죽이셔도 늦지 않다고 생각됩니다!"

칼리드는 선임 병사장들의 말에 따라 하진의 작전을 채택하기로 했다.

"흠, 좋아! 모두 후퇴하여 서쪽 절벽으로 향한다!"

"예!"

병사들은 칼리드의 명령에 따라 사방에서 쏟아지는 돌을 막아내며 신속하게 절벽을 향해 발걸음을 옮겼다.

                    *   *   *

　트로클의 공격을 받으며 이동한 서쪽 절벽 지대는 하진의 예상대로 트로클이 공격할 수 있는 방향이 오직 한 곳이었다.

　하진은 그 대열의 가장 선두에 서서 방패를 들었다.

　척!

　그리고 자신의 곁에 선 병사들에게 외쳤다.

　"바짝 붙어! 놈들의 공격을 조금이라도 더 효율적으로 막아 내려면 서로 방패를 붙여서 벽을 만드는 수밖에 없어!"

　"아, 알겠다!"

　칼리드는 하진에게 최전방 방어 제대의 총책을 맡겼고, 하진은 임시 십인장으로 해당 제대를 지휘하게 되었다.

　사각 방패와 둥근 버클러 등을 이용하여 방패진을 형성한 하진은 이를 악물었다.

　'빌어먹을, 어디를 가나 재수가 없는 것은 마찬가지군.'

　그나마 다행인 것은 아무리 영지의 사정이 나빠도 한 번쯤은 재생의 샘에서 부활을 시켜줄 것이라는 사실이다.

　만약 그렇지 않다면 여기서 하진의 인생은 끝날 수도 있었다.

　"우끼끼끼끼!"

"온다!"

전방에서 그 끝을 알 수 없을 정도로 트로클이 줄을 지어 돌격해 오고 있었다.

하진은 지근거리에 트로클이 다다랐을 즈음 품속에 있는 붉은색 깃발을 뽑아 들었다.

척!

그는 자신의 지근거리에 적이 나타나면 화살과 화포로 그들을 1차로 방어하고 적이 사격선을 돌파하면 보병이 놈들의 돌격을 저지하자고 제안했다.

이것은 하진이 살아남기 위해 목숨을 걸고 제안한 전술로서, 그나마 전략적인 두뇌를 가진 하진이 낼 수 있는 최대한의 방책이었다.

붉은색 깃발은 사격을 의미하는 신호이다.

"우끼끼끼!"

"궁수, 사격 준비!"

꽈드드득!

"발사!"

핑핑핑!

궁수들의 사격에 의해 화살이 하늘 높이 수놓아졌고, 후방의 화포수들이 대포를 발사했다.

"대포, 발사!"

퍼엉!

화약과 비슷한 원리의 마정탄에 의해 쏘아져 나간 대포의 탄환이 트로클의 대열 중앙에 떨어져 내렸다.

쾅!

"우끽!"

"명중입니다!"

"계속 쏴라!"

하진의 사격선은 보병 방어 라인 전방 5미터 인근, 그는 이제 곧 놈들과의 격돌이 있을 것으로 예상했다.

"온다!"

"우끼끼!"

잠시 후, 엄청난 숫자의 트로클이 그의 방패로 달려들었다.

콰앙!

"크윽!"

하진은 이를 악물고 방패에 몸을 가까이 가져다 붙였다.

그는 기본 병과 훈련에서 배운 것처럼 방패를 자신의 몸에 딱 밀착시키고 적의 돌격 방향으로 밀어냈다.

그러자 엄청난 반발력이 하진의 몸을 진동시켰다.

쿠웅, 쿠웅, 쿠웅!

"보, 보통이 놈들이 아니구나!"

"잘못하면 뚫리겠어!"

하진은 자신의 등에 매달려 있는 렌스를 꺼내 들어 사각 방패 너머의 적을 마구 찔러댔다.

푸욱, 푸욱!

워낙 숫자가 많아 하진이 손을 뻗는 족족 렌스에 찔려 죽어나가는 트로클들이다.

푸하아아악!

그는 앞도 제대로 보지 않고 그냥 들입다 렌스만 앞으로 질러댈 뿐이었다.

"방패로 막았으면 적절히 창을 이용해 놈들을 죽여! 잘못하면 이대로 저지선이 뚫리겠어!"

"알겠다!"

촤락, 촤락!

보병들이 태산처럼 마구잡이로 창을 찔러대니 트로클들의 전진은 점점 더 힘들어지고 있었다.

이제 대략적인 방어 진영이 갖추어지는 것 같았다.

'반쯤은 성공했군.'

이대로만 간다면 몬스터들을 전부 토벌하는 것도 무리는 아닐 것이다.

띠링, 화아아아악!

트로클들을 떼로 죽여 대니 이곳저곳에서 레벨업을 하는 소리가 자꾸 들려온다.

그것은 하진 역시 마찬가지였다.

[Lv.6 — 28%]

목숨을 걸었다는 것은 그만큼 사람을 강하게 만들기도 한다.

이대로 가다가는 하진은 조만간 보병의 상위 유닛인 디펜더로 전직이 가능할 것 같기도 했다.

보병이 레벨 15가 되면 디펜더로 전직이 가능해지는데, 이로써 하진은 방어형 유닛으로서 그 갈래가 굳어지게 되는 셈이다.

그는 자신이 가진 인터페이스 창을 통하여 이곳에 얼마나 많은 디펜더 후보들이 있는지 가늠해 보았다.

인터페이스 창에는 아군의 기본 정보를 볼 수 있는 칸이 마련되어 있기 때문에 공격대의 자세한 스펙까지 알아볼 수 있었다.

하진은 이곳에서의 전직은 스킬처럼 성향에 따라 모든 것이 결정되기 때문에 그 자질을 알아볼 수 있는 사람은 오로지 자신뿐이라 생각했다.

지금까지 다른 사람들에게 질문했을 때, 인터페이스에 대한 것은 전혀 언급되지 않았다.

그 말은 이 세상에서 인터페이스의 기능을 온전히 사용할 수 있는 사람은 하진뿐이라는 셈이다.

'디펜더로 성장할 수 있는 놈이 총 20명도 안 되는군. 제길, 앞으로 방어가 조금 더 힘들겠어.'

디펜더는 무한의 영주에서 가장 인기가 있는 병종이긴 하지만 육성이 힘들고 개별 사냥이 어려워서 잘 키우지 않는다.

이곳에서도 역시 디펜더는 상당히 귀한 병종으로 분류되고 있는 모양이다.

방어만이 살 길인 이곳에서 디펜더가 모자라니 앞으로 어쩌면 좋겠나 싶은 하진이다.

'모든 것은 운에 맡기는 수밖에.'

이제 하진은 생각할 시간도 아끼며 적을 처치하는 데 온 신경을 집중하기로 했다.

* * *

삼 일째. 여전히 트로클과의 전투가 벌어지는 중이다.

칼리드를 포함한 공격대의 수뇌부는 배수의 진이 아니었다면 진즉 자신들이 몰살했을 것이라고 생각했다.

지휘부는 하진을 뛰어난 지략가라고 칭찬하기 바빴지만 정작 그들이 하는 일은 거의 없었다.

하진이 짠 전략대로 움직이고 전투를 치를 뿐이었다.

끝도 없는 전투가 이어지는 와중에 아주 잠깐의 정적이 찾아왔다.

창에 묻은 피를 닦아내던 하진은 병사들의 얘기를 엿들을 수 있었다.

"…하여간 이 나라의 부패는 알아줘야 한다니까."

"도대체 기사를 뽑는 기준이 뭐야? 지도 하나 제대로 보지 못해서 일개 병사에게 의존해서 공격대를 꾸려나가고 있지 않나?"

이들의 불만은 자신들과 비슷한 지위의 하진이 전략을 구사한다는 것이었고, 그 근본적인 문제는 기사들의 등용 조건이었다.

하진은 넌지시 그들의 대화에 끼어들었다.

"기사를 뽑는 기준이 애매한 모양이지?"

"크, 크흠, 언제……."

"일부러 들으려 한 것은 아니네만, 흥미가 동해서 말이야."

병사들은 그제야 하진을 완전히 자신들의 얘기로 끌어들여 주었다.

"말도 말게. 칼리어스의 정치와 재정은 모두 지연과 혈연으로 이어져 있어. 줄도 없고 백도 없인 아예 기사 작위를 쳐다볼 수도 없다는 소리지."

"흠……."

"만약 저 사람들이 실력으로 여기까지 왔다면 우리가 이 고생을 하고 있겠나?"

"그건 그렇군."

게임과 현실의 다른 점이 또 하나 있다면 바로 지연과 혈연으로 엮인 부패 정치였다.

플레이어 한 명이 독재를 하는 세상이긴 해도 게임에선 레벨과 성급이 높은 사람이 진급할 수 있었다.

하지만 이곳에선 레벨과 성급이 높지 않아도 영주의 인척이나 지인이라면 충분히 고위 직책에 앉을 수 있었다.

그것은 칼리어스 왕국 전체에 널리 퍼져 있는 얘기이니 나라가 얼마나 썩었을지는 불을 보듯 뻔한 얘기였다.

'여기나 저기나 몹쓸 양아치 같은 놈들이 판을 치는군. 하여간 정치꾼들이란.'

부패를 근절할 수 있는 근본적인 대책은 중세 정치나 현대 정치나 아예 없다고 보는 편이 옳을 것이다.

이제 하진은 무능력한 수뇌부 때문에 스스로 살 궁리를 하지 않으면 안 되었다.

'다시 한 번 몬스터들이 치고 들어오면 큰일인데…….'

아무쪼록 근근이 막아내곤 있지만 트로클의 숫자가 너무 많다는 것이 문제였다.

게다가 전투가 힘든데 남은 식량과 물자마저 얼마 남지 않은 상황까지 도래하고 말았다.

그나마 트로클이 죽고 남은 사체를 식량으로 사용하고 있긴 하지만 먹을 수 있는 부위는 얼마 되지 않아 그것도 힘든 상황이었다.

한숨만 푹푹 쉬고 있던 하진의 앞에 다시 트로클들이 몰려오기 시작했다.

"트로클이다! 놈들이 또 몰려온다!"

"젠장!"

"도저히 끝이 안 보이는군."

종일 계속되는 전투, 군대는 이제 서서히 지쳐가는 중이다.

퍽퍽퍽!

쾅!

전방에 적이 나타난 지 5분이 지나서야 임시 막사에서 술을 퍼마시던 수뇌부가 헐레벌떡 달려나왔다.

"딸꾹! 뭐, 뭐야! 무슨 일이야?"

"전방에 트로클 무리가 출현했습니다! 이로써 총 600번째 충원입니다!"

"딸꾹, 딸꾹! 그럼 막아! 뭐 하는 거야!"

하진을 비롯한 모든 병사들이 고개를 가로저었다.

'저, 개 같은……!'

이제는 하는 수 없이 병사들끼리 공격대를 꾸릴 수밖에 없었다.

"제기랄, 무슨 트로클이 이렇게 많지? 도무지 이해할 수가 없군!"

"그러게 말이야!"

하진이 보기에도 트로클의 이런 진격은 이해가 가지 않는 부분이 많았다.

보스 몬스터가 떼를 지어 다닌다고 해도 이런 현상은 말도 안 되는 일이었다.

'뭔가 문제가 있나?'

지금 당장 문제를 파악하고 싶어도 상황이 여의치 않았다.

하진은 지금 자신의 눈앞에 닥친 문제도 해결하기 힘들었다.

하지만 그런 와중에도 레벨업은 계속되고 있었다.

푸욱!

"끼헥!"

레벨 15를 얼마 앞두지 않은 상황에서 꽤나 덩치가 큰 트로클이 그의 창에 맞아 숨졌다.

그로 인해 그의 몸에' Lv.15'라는 글귀가 새겨지게 되었다.

화아아아아악!

푸른빛에 휩싸인 그는 곧바로 캐릭터 정보창을 띄웠다.

그러자 인터페이스 하단에 '전직'이라는 단어가 보인다.

하진이 그것을 손가락으로 클릭하자 그의 몸이 황금빛으로 물들기 시작했다.

우우우우웅, 팟!

그러자 그의 레벨과 성급이 모두 1로 돌아온 채 디펜더로 전직하게 되었다.

그는 디펜더로 전직하면서 생긴 스텟 보너스를 전부 체력에 투자하는 한편, 전직 축하 보너스로 생긴 두 개의 스킬 포인트를 신체 단련 스킬트리에 투자해 보기로 했다.

하진은 신체 단련 스킬트리에서 폭발과 역공에 한 포인트씩 배분하였다.

'과연 어떤 효과가 있을지 궁금하군.'

일반적인 보병 유닛은 스턴이라는 개념을 아예 가지고 있지 않기 때문에 하진은 한 번도 해당 스킬의 이팩트를 경험한 적이 없었다.

그는 패시브 스킬을 터뜨리기 위해 일부러 적의 공격에 한 차례 맞아주었다.

그러자 놀라운 일이 벌어졌다.

우웅, 파앙!

"끼우우우욱……."

하진을 공격한 트로클들이 단숨에 자신의 공격을 되돌려 받음과 동시에 스턴에 빠져든 것이다.

덕분에 시간을 번 하진은 무자비하게 트로클들을 찔러 죽였다.

푸하아아악!

'좋아, 바로 이거야!'

이런 말도 안 되는 스킬이 존재한다는 것은 들어본 적도 없는 하진이지만 사용법에 대해선 굳이 설명을 듣지 않아도 충분히 알 수 있을 것 같았다.

공격 도중에 자신의 체력을 이용하여 대미지를 받으면 적의 공격과 스턴을 되돌려줄 수 있으니 앞으론 신체 단련 스킬을 최대한 많이 습득하는 편이 유리할 것이다.

스턴으로 인해 유리한 고지를 점하게 된 하진은 수월하게 트로클들을 죽여 나갔다.

하지만 그런 그에게 재앙과 같은 일이 벌어질 줄은 아무도 상상하지 못했다.

쿵, 쿵!

대지를 울리는 거대한 진동에 병사들이 고개를 갸웃거렸다.

"…진동?"

"지, 지진이 일어난 것인가?"

하진은 일순간 자신의 머리 위가 상당히 어두워지는 것을 느꼈다.

"설마……?"

불현듯 고개를 위로 쳐든 하진은 붉은 눈의 코끼리와 정면으로 맞닥뜨리고 말았다.

"제기랄!"

병사들은 하늘에서 떨어져 내리고 있는 거대한 코끼리 인간을 바라보며 소리쳤다.

"엘리메이더다!"

쿠오오오오오!

코끼리의 몸에 인간의 손, 그리고 묵직한 다리를 가진 엘리메이더는 늪지대에서 볼 수 있는 레벨 5급 보스 몬스터이다.

워낙 레벨이 낮은 늪지대에만 출현하기 때문에 일반적인 레이드에선 조금 맷집 좋은 코끼리로 인식되곤 한다.

하지만 만약 이 많은 트로클과 섞인다면 가공할 만한 위력을 발휘하게 될 것이다.

'타이밍 한번 기가 막히는군!'

이것이 게임이었다면 원거리 병과와 근거리 병과를 잘 활용하여 플레이어가 직접 컨트롤한다면 큰 피해 없이 엘리메이더를 잡을 수도 있을지도 모른다.

하지만 현실에서 그런 요행을 기대하기엔 무리가 있었다.

하진은 재빨리 몸을 옆으로 굴려 자신의 머리 위로 떨어져 내리는 엘리메이더의 공격을 피해냈다.

쿠웅!

거대한 몸통이 땅 위로 떨어져 내리자 주변은 그야말로 초토화가 되어버렸다.

콰앙!

"크허억!"

"대장님! 피해가 너무 큽니다! 병사들의 사기와 체력이 너무 많이 떨어졌습니다!"

"허, 허억! 이게 뭐야?"

"어떻게 합니까?"

상황이 이쯤 되자 칼리드는 공황상태에 빠져들었다.

바로 그때, 설상가상으로 엘리메이더의 도끼가 칼리드의 머리 위로 날아들었다.

붕붕붕붕!

퍼억!

"크허억!"

"대, 대장님!"

칼리드는 너무나 허무하게 목숨을 잃어버렸고, 병사들은 혼비백산하여 공포에 사로잡혔다.

"에, 엘리메이더의 도끼에 맞아 우리는 다 죽고 말 것이다!"

"사, 사람 살려!"

병사들에게 수뇌부의 죽음은 일반 병사가 죽는 것보다 훨씬 더 큰 충격으로 다가온다.

설마하니 엘리메이더가 칼리드에게 도끼를 집어 던질 것이라 곤 생각지도 못한 하진은 깊은 고민에 빠졌다.

'상황이 좋지 않다. 어찌해야 옳은가?'

육군본부에서 복무한 경험이 있는 하진이지만 이 정도의 엄청난 상황에 대처하는 일은 쉽지 않았다.

하지만 그는 자신과 생사고락을 함께한 동료들을 버릴 정도로 무책임한 사람이 아니었다.

그는 죽은 기사를 대신하여 자신이 이 사태를 마무리해 보기로 했다.

'제기랄, 죽기 아니면 까무러치기다!'

하진은 반사 패시브와 스턴 스킬에 모든 것을 걸어보기로 했다.

"이런 빌어먹을 코끼리 자식아! 네 상대는 이쪽이다!"

쿠오오오오오!

부웅!

하진의 몸보다 족히 네 배는 더 큰 도끼가 그의 방패를 타격했다.

콰앙!

"크허억!"

가까스로 반사 스킬이 시전되긴 했지만 그 영향은 아주 미미했다.

스킬 레벨이 턱없이 낮아서 이 엄청난 효과를 가진 스킬이 제대로 먹히지 않은 것이다.

하지만 이것은 또 다른 패시브인 스턴이 미약하게나마 걸릴 수 있다는 소리이기도 했다.

만약 이것이 가능해진다면 상황을 뒤집을 수 있는 키포인트가 될 것이다.

하진은 자신의 캐릭터 창에 남은 HP포인트를 바라보았다.

HP:650/1,250]

'거의 절반 정도 남았군. 잘못하면 한 방 맞고 바로 다이할 수도 있겠는데?'

흔히 몬스터에게 맞아 사망하는 것을 '눕는다'고 표현한다.

지금 저놈에게 한 대 얻어맞게 된다면 정말로 하늘을 보고 누울 수도 있겠다는 생각이 들었다.

하진은 이를 악물었다.

"빌어먹을, 지금 안 죽어도 언젠가는 죽는다!"

그는 자리에서 벌떡 일어나 다시 엘리메이더에게 달려갔고, 놈은 하진에게 도끼를 휘둘렀다.

부웅!

콰앙!

찰나의 순간, 하진은 자신의 골이 좌우로 심하게 흔들리는 것을 느꼈다.

"쿨럭!"

한 움큼 피를 토해내는 하진, 하지만 그의 방패는 적이 준 대미지를 10% 정도 되돌려주었다.

끼이이이잉, 팟!

그리곤 그중에서 일부를 다시 HP로 취하여 체력바를 채웠고, 아주 근소한 확률로 스턴까지 시전하였다.

쾅!

끄허어엉!

"놈이 비틀거린다! 총공격!"

"와아아아아아아!"

하진의 목숨을 건 도박이 먹혀든 것이다.

병사들의 공격으로 인해 엘리메이더는 집중 포화 속에 목숨을 잃어갔다.

바로 그때, 하진은 젖 먹던 힘을 다 쥐어짜내 렌스로 엘리메이드의 눈동자를 꿰뚫어 버렸다.

푸하아아악!

엘리메이드의 약점은 후두부이기 때문에 렌스로 눈동자를 꿰뚫으면 곧장 즉사할 수 있을 터였다.

하진은 그것을 노리고 일격을 날려 공격에 성공했다.

으히이이잉!

쿠웅!

육중한 덩치의 엘리메이더가 쓰러지자 그 전리품이 하진의 앞으로 떨어져 내렸다.

찰랑!

묵직한 금화 주머니와 함께 각종 장비가 파우치 형태로 하진에게 귀속되었다.

특이하게도 이곳에선 아이템이 주머니의 형태로 몬스터를 죽인 사람에게 귀속되었다.

게다가 보통은 전투가 끝나면 이것을 모두 수거하여 영주가 가지고 가지만 오늘은 자율 배분이라는 명령이 내려왔다.

하진은 엘리메이드를 자신이 끝장내서 고급 아이템을 취하려 일부러 무리를 했다.

그 결과 아이템 주머니가 그의 인벤토리로 들어왔다.

'돼, 됐다!'

하지만 그것을 마지막으로 하진은 정신을 잃고 말았다.

"아아……."

털썩!

기사들과 병사들은 그런 하진을 높이 칭송하며 환호성을 내질렀다.

"영웅이다! 1,101번은 영웅이다!"

"와아아아아아!"

병사들은 그를 영웅이라며 칭송하였고, 그 옆에 천막을 치고 그를 치료하기로 했다.

제5장
요정 링크

다음날 하진은 군대에서 챙겨온 힐링포션으로 HP를 회복했다.

자리에서 일어난 그는 자신의 인벤토리에 있는 아이템들을 꺼내어 그 안의 내용물을 확인해 보았다.

엘리메이더에게서 얻은 아이템은 총 다섯 가지로 첫 번째 아이템은 엘리메이더의 창이다.

엘리메이더의 창을 착용하게 되면 기존의 세트 효과는 일정 부분 사라지게 된다.

하지만 엘리메이더의 창은 스피어 마스터 스킬을 무려 2포인트나 올려주고 스탯을 20%가량 증진시켜 준다.

또한 이 아이템에는 흡혈과 스턴, 크리티컬 대미지 확률 50% 증가가 인첸트 되어 있었다.

한마디로 이것은 레어 아이템 중에서도 유니크 등급의 보물급이었던 것이다.

이 정도면 세트 효과를 포기해도 충분할 정도이다.

만약 레벨이 고위급으로 올라갔을 때엔 큰 쓰임이 없는 물건이겠지만 지금은 상당히 만족스러운 아이템을 얻은 것이다.

"운이 상당히 좋았어. 이런 아이템들이 나올 줄이야."

그 밖에도 흡혈 5%, 공격 속도 2% 증가, 공격 내성 5%가 붙은 한 쌍의 반지와 스킬 포인트 1포인트 상승의 목걸이가 들어 있었다.

여기에 이동 속도 5% 증가의 팔찌까지 들어 있으니 레벨 5의 보스를 잡아 얻은 아이템치곤 꽤 괜찮은 편이었다.

그리고 그 무엇보다 개인 포상으로 떨어진 엘리메이더의 금화 주머니에는 무려 2골드가 넘는 금화가 들어 있었다.

이곳의 화폐 단위는 동화 100개에 은화 한 개, 은화 100개에 금화 한 개로 환전된다.

금화 한 개가 일반 병사의 한 달 치 봉급 정도이니 무려 두 달 치 월급을 하진은 얻어낸 셈이다.

"요 며칠 운이 아주 잘 따라주는군."

하진은 자신에게 운이 따른다고 생각했다.

모든 것이 요행에서 온 것이지만 공격대의 생각은 전혀 달랐다.

공격대는 이제 하진에게 모든 것을 맡겼다.

"대장, 이대로 계속해서 레이드를 해야 하나?"

"아니, 포션도 얼마 남지 않았고 식량과 식수도 없다. 그냥 영지로 돌아가서 사정을 설명하는 편이 빠를 것이야."

"좋아, 그럼 그렇게 하자고."

이제 250명의 병사들은 하진 한 사람만 보고 따를 정도가 되었다.

평소와 같았다면 그깟 엘리메이더 한 마리 잡은 것이 뭐 대수냐고 하겠지만, 이번 전투에서 잡은 트로클의 숫자는 카운트하기도 힘들 정도였다.

그러니 하진의 인기가 높아진 것은 당연한 일이었다.

"동쪽으로 진군하자. 엘리메이더가 죽었으니 트로클도 조금은 위축되었겠지."

"좋아, 회군이다!"

뿌우!

250명의 병사들은 하진을 따라서 동쪽으로 진군을 시작했다.

서쪽 절벽 지대에서 영지로 돌아가는 길, 엘리메이더를 처치했다 해도 여전히 수많은 몬스터들이 포진해 있었다.

거대 악어인 엘리게이터를 시작으로 중형 트로클, 아나콘다 등 초급에선 약간 어려운 난이도의 몬스터들이 포진해 있었다.

그러나 이번 레이드를 통하여 평균 레벨이 10 정도 올라간 덕분에 늪지에서 나타날 수 있는 중형급 몬스터들을 수월하게 사냥할 수 있었다.

어쩌면 트로클과 엘리메이더를 사냥한 것은 행운이라고 할 수 있을 정도였다.

진군 이틀째, 드디어 영지의 깃발이 나부끼는 외성이 보이기 시작했다.

"대장, 외성에 도착한 것 같다."

"죽지 않고 살아 있다니, 신의 가호가 따른 것이 분명해."

"모든 것이 대장 덕분이다."

"맞다. 대장이 아니었다면 우리는 벌써 다 죽었을지도 모른다."

벌써 공격대 내에서 하진의 인기는 꽤 높은 편이었다.

이대로 공격대장이 된다고 해도 전혀 이상할 것이 없을 정도였다.

사지에서의 생환이 그만큼 병사들에게 강렬한 인상을 남긴 것이다.

잠시 후, 성문이 열리며 길을 떠난 병사들의 가족들이 마중 행렬을 펼쳤다.

"공격대가 돌아왔다!"

"와아아아아아!"

꽃가루와 팡파르가 흩날리는 금의환향에는 하진을 기다리는 사람들도 있었다.

"1,101번 병사!"

"엘리우드 장군!"

하진은 자신을 마중 나온 엘리우드에게 부복했다.

척!

"장군께서 어쩐 일로……"

"공격대를 이곳까지 이끌고 왔다 들었다. 대단하군. 자질이 뛰어나."

"감사합니다!"

"비록 적진에서 기사의 머리가 날아가긴 했지만 그건 불가항력적인 일이었다. 듣자 하니 엘리메이더를 처단한 사람이 바로 자네라고 하던데, 사실인가?"

"모두 함께 죽인 겁니다. 저는 그저 창을 한 번 찔러 넣은 것밖에 없습니다."

그는 만족스러운 표정을 지었다.

"으음, 그 정도면 되었네. 그 정도 용맹이면 기사로서도 손색이 없겠어."

"예?"

엘리우드는 하진의 어깨에 손을 척 걸치며 말했다.

"내가 자네를 기사로 천거했네. 내 휘하의 기사들이 개판을 친 것까지 더해서 내린 상일세. 이 정도면 보상이 되겠지?"

"……!"

벼락출세도 이런 벼락출세가 없었다.

병사에서 이렇게 빨리 기사로 천거된 예는 단 한 번도 없었다.

만약 게임에서 일부러 기사를 만든다고 해도 이렇게 빠른 진급은 있을 수가 없었다. 아니, 어쩌면 이것은 게임이 아니라 현실이기에 가능한 일인지도 모른다.

장수가 직접 영주에게 기사를 천거한 것이니 남작의 입장에선 이것을 받아들이지 않을 수 없었을 것이다.

어쩌면 이곳은 게임의 그 무언가와 현실이 반반쯤 섞인 모양이라고 볼 수도 있을 것 같았다.

"아무튼 준비하시게. 영주님께서 자네를 찾으시니."

"가, 감사합니다!"

하진은 영지로 돌아오자마자 영주를 영접하는 행운을 거머쥐었다.

　　　　*　　　　　*　　　　　*

　아나스타스 남작 영주성.

　끼이이익!

　순백색 정복을 입은 하진이 영주가 앉아 있는 권좌까지 아주 절도 있는 걸음으로 걸어갔다.

　척척척!

　그리곤 그의 앞에서 곧바로 부복하여 얼굴을 보이지 않도록 했다.

　좌락!

　"영주님을 뵙습니다!"

　"그래, 그대가 엘리우드 장군이 말한 그 대단한 병사인가?"

　"대단이라니 당치도 않습니다."

　영주는 자리에서 일어나 자신의 예검을 뽑아 들었다.

　챙!

　"그대는 앞으로 우리 아나스타스 영지의 수호자로서 책무를 다하게 될 것이다. 그 뜻을 받아들이겠는가?"

　"예, 영주님!"

　"성부와 성자, 성령의 이름으로 명한다. 1,101번 병사에게 가우스트의 성을 하사하고 기사의 작위를 내리는 바이다."

　"충성을 다하겠습니다!"

하진은 이제 정식으로 기사가 되었으며 휘하의 병력이 생겼다는 소리다.

영주는 예검을 거두고 하진로 하여금 고개를 들도록 했다.

"가우스트 경, 고개를 들라."

"예, 영주님!"

"원하는 것이 있다면 말하라. 자네가 원하는 것이라면 무엇이든 한 가지 들어주겠다."

하진은 가만히 생각에 잠겼다.

지금 이 순간 그가 영주에게서 받을 수 있는 가장 큰 특권이 무엇일까?

'레벨업만이 살 길이다.'

그는 앞으로 자신이 최대한 많은 전투를 겪을 수 있도록 소원을 빌었다.

"영지전에 나갈 수 있도록 해주십시오."

"영지전? 진심인가?"

"예, 영주님. 평상시엔 병사들과 함께 몬스터 레이드에 나가겠습니다. 하지만 영지전이 발발하거나 국왕 폐하의 소집령이 내리면 저를 공격대에 넣어주십시오. 그것이 소원입니다."

아나스타스 남작은 참모들에게 이 소원에 대해 물었다.

"어떤가? 가능하겠나? 동시에 레이드와 영지전, 국가 전투에 나가는 것이?"

"불가능하지는 않습니다. 가우스트 경의 편제를 두 개로 나누면 됩니다. 하지만 그렇게 되면 하루도 검을 손에 쥐지 않은 날이 없을 겁니다."

아나스타스 남작은 하진을 바라보며 의사를 물었다.

"그렇다는군. 어떻게 하겠나? 정말 그렇게 하겠나?"

"그리 해주신다면 더없이 큰 영광이겠습니다, 영주님!"

스스로 사지로 나가겠다는 기사를 굳이 말릴 사람은 없다.

이곳은 전쟁이 끊이지 않는 곳이니 전쟁에 목마른 전쟁광이 있다면 오히려 영주 입장에서 대환영이다.

그는 하진의 그런 기질을 높게 산 모양이다.

"용맹한 청년이군. 좋아, 내 경의 용기를 높게 사 상을 내리겠다. 여봐라, 가우스트 경에게 도심의 저택을 하사하라!"

"예, 영주님."

"가, 감사합니다! 감사합니다!"

이로써 하진은 그야말로 벼락출세를 하게 되었다.

*   *   *

칼리어스 남부 해안으로 헤이슨 제국의 전함 350척이 모습을 드러냈다.

쏴아아아아!

이 전함들은 현 화포 기술 최강의 사거리를 자랑한다는 레이든 캐논과 중형 노포로 무장한 무적의 함대였다.

헤이슨 제국의 함대는 제1차 원정 병력으로 전함 350적을 파병하였고, 이제 곧 2군과 3군이 속속들이 도착할 예정이다.

이번 원정에 투입될 병력은 총 55만, 조만간 남부대륙의 병탄이 마무리되면 추가 병력이 투입될 수도 있다는 것이 제국의 입장이었다.

원정대 제1군의 사령관을 맡은 엑시든 자작은 부관들과 참모들의 보고를 받았다.

"현재 아나스타스 남작령에 침투한 아케인 왕국의 병력은 후방으로 철수한 상태입니다. 이제 곧 서부 아로든 연합국에서 진격을 시작할 것이라는 첩보가 있었습니다."

"신성제국에선 어떻게 움직이고 있나?"

"동부에서 병력들을 수송하여 오는 데 시간이 꽤 걸릴 것 같습니다."

"흠……."

서부대륙은 중앙대륙과 육로로 이어져 있기 때문에 진격에 유리한 점이 있다.

만약 헤이슨 제국과 아케인 왕국이 지금 육지에서 맞붙으면 자웅을 가리기가 힘들 것이다.

그렇기 때문에 최대한 레이든 캐논을 활용하여 전투에 나가는 것이 유리했다.

그는 칼리어스 남부 해안의 지도를 가리키며 말했다.

"해안 성채와 진지에 각각 레이든 캐논을 배치시키고 공성병기를 조립시킨다."

"예, 장군."

엑시든 자작은 칼리어스 국왕 레일슨의 근황에 대해 물었다.

"레일슨은 지금 어디에 있나?"

"수도에 틀어박혀 우리와의 협상을 기다리고 있답니다."

"어차피 4개국 실리외교에서 나라 하나가 지워져 버렸으니 대놓고 친 헤이슨 세력으로 돌아서겠다는 뜻이군."

"붉은 유성이 관측된 마당에 저들이 내놓을 수 있는 카드가 얼마나 되겠습니까?"

"하긴."

그는 이곳에서 병력의 대치를 이루는 동시에 해안을 점령하기로 했다.

"남부는 우리가 반드시 수비해 내야 하는 지역이다. 추후에 칼리어스에 병력을 주둔시켜 땅을 절반으로 분열시키는 한이 있어도 수비한다."

"예, 장군."

이제 본격적인 전쟁의 서막이 오른 셈이다.

칼리어스 남부에 헤이슨 제국의 함대가 주둔하고 있다는 사실이 왕국 전역으로 빠르게 퍼져 나갔다.

물론 국왕 레일슨과 그 내각 역시 이 모든 사실을 실시간으로 전해 듣고 있었다.

척!

"전하, 헤이슨 제국에서 제2군을 파병했답니다!"

"…아주 작정을 한 모양이군."

그는 얼마 전 피투성이가 되어 돌아온 피로츠를 바라보며 물었다.

"재상, 그대의 생각은 어떠한가?"

"…저놈들, 분명 남부를 자신들의 교두보로 사용할 겁니다. 잘못하면 국가가 두 갈래로 분열되겠지요."

"잘못하면 한쪽을 괴뢰정부로 주어야 한다는 말인가?"

"이대로 시간이 흐른다면 그리 되겠지요. 신성제국에서도 절대 가만있지 않을 테니까 말입니다."

"후우! 답답한 노릇이군."

남부에 계속해서 군사가 쌓이게 되면 자연적으로 북쪽과 동, 서에도 군사가 들이닥칠 것이다.

그렇게 되면 어느 한쪽이건 서로 동맹을 맺고 전쟁을 위한 전선을 구축하게 될 것이 분명했다.

그 말인즉슨 이 칼리어스라는 나라는 어쩔 수 없이 쪼개질 수밖에 없다는 말이다.

피로츠가 병색이 완연한 얼굴로 말했다.

"전하, 저를 헤이슨 제국 진영으로 보내주십시오."

"안 된다. 지금 움직이는 것은 무리다."

"…하지만 시간이 없습니다. 지금이라도 저들과 협상을 봐야합니다. 그래야 추후 우리의 주권을 조금이라도 지킬 수 있습니다."

헤이슨 제국에게 남부지역 교두보와 광산 몇 개를 내어주면 충분히 협상이 될 것이다.

물론 그렇다고 이 사태가 완전하게 진화되는 것은 아니었다.

피로츠는 자신을 제외한 몇몇 대신들에게 목숨을 걸라고 직언했다.

"아란츠 후작, 미란트 백작, 그대들도 중신으로서 목숨을 걸 때가 되었다고 생각하지 않소?"

"…그거야 뭐……."

"왕가의 인척이면 그 핏줄에 대한 위신을 지키시오."

"……"

그는 서부와 북부를 지목하며 말했다.

"각각 신성제국과 연합국에 사신으로 가시오. 그리고 그곳에서 사용할 수 있는 협상 카드를 모두 꺼내어 쓰시오."

"신성제국은 미친놈들이오! 잘못하면 우리의 목이 달아날 것이란 말이외다! 우리가 죽어서 가문의 대가 끊어지면 댁이 책임질 것이오?"

피로츠는 자신의 테이블 앞에 놓여 있는 물 컵을 손에 들었다.

그리곤 이내 그 안의 내용물을 두 사람의 얼굴에 확 끼얹어 버렸다.

촤락!

"정신 차리시오!"

"이, 이게 뭐 하는 짓이오!"

"…지금 가문이 문제요? 그리고 따지고 보면 그대의 가문은 왕가 아니오! 왕가를 위해 그 정도도 못한단 말이오!"

"……."

칼리어스의 가장 큰 문제는 왕의 인척들이 정계에 진출하여 파벌을 구축하고 정경 유착과 관례 제도를 대거 기용하여 나라를 좀먹었다는 것이다.

만약 각 광산 지역에서 나온 재화를 군비에 1/3이라도 투자했다면 지금과 같은 일은 벌어지지는 않았을 터이다.

피로츠는 피를 토하는 심정으로 외쳤다.

"나라가 두 갈래로 갈라지면 그대들이 설 곳도 없어진다는 것을 아시오! 집안이 통째로 불에 타봐야 정신을 차리시겠소!"

"크흠! 거참, 알겠소. 가긴 하겠소만, 기대는 하지 마시오."

"…죽어도 빈손으로 돌아오지 않겠다는 일념으로 임하시오."

"깐깐하긴……."

결국 등을 떠밀 듯이 사신단을 조직하긴 했지만 이들에게 큰 기대는 하지 않는 것이 좋을 듯했다. 이제 국왕과 재상은 제2차 대안에 대해서 생각해 낼 수밖에 없었다.

*　　　*　　　*

조금 황량한 바람이 부는 칼리어스 도심의 한 저택.

휘이이이잉!

하진은 삐걱거리는 저택의 문을 열고 안으로 들어섰다.

"이, 이게 집이라고?"

2층으로 된 저택은 대략 200평쯤 되는 정원과 50평 남짓한 건물로 이뤄져 있었는데, 집이 워낙 오래되어서 주택이라기보다는 거의 폐가에 가까운 수준이었다.

"…부유한 영지라고 해서 조금 기대했더니 아닌 건 아닌 모양이군."

처음부터 일개 기사에게 저택까지 하사한다는 것이 어불성설이었던 것인가?

하진은 배력에서 가지고 온 병장기들을 가지고 현관문을 열었다.

끼이이익!

"쿨럭쿨럭!"

도대체 얼마나 사람이 들락거리지 않았으면 흙먼지가 자욱하여 한 걸음도 옮기기 어려웠다.

이런 집을 저택이랍시고 하사한 영주가 자린고비로 느껴지는 하진이다.

"어디를 가도 일거리가 지천에 널려 있구나. 하지만 이게 어디야?"

이제 곧 이곳으로 말과 식량이 도착하게 될 것이다.

비록 하진의 재정이 빈약해서 시종이나 종자를 둘 수는 없겠지만 최소한 탄광에서 피를 토하며 일하는 경우는 없을 것이다.

하진은 짐을 풀어놓고 본격적으로 청소를 시작하기로 했다.

"자, 그럼 시작해 볼까?"

팔을 걷어붙인 하진은 황폐한 저택을 조금씩 청소해 나가기 시작했다.

늦은 오후, 흙먼지를 겨우 다 제거하고 바닥을 걸레로 닦고 나니 집이 제법 사람 사는 곳 같아 보인다.

"흠, 나쁘지는 않아."

집을 치우다 보니 바닥이 무너지려는 곳이 몇 군데 있고 창문으로 바람이 새어들어 오는 것 같았다.

언제까지 이 집에서 살 수 있을지는 몰라도 일단 무너진 곳은 수리해야 사는 데 불편함이 없을 것이다.

하진은 필요한 자재를 조달하기 위하여 짐마차를 꾸렸다.

저택 뒤편에 있는 마구간에 묶여 있는 군마에 달구지를 연결하니 제법 짐마차 같은 느낌이 났다.

"이게 바로 전원생활의 묘미라는 것인가?"

비록 이곳이 번화가이긴 해도 하진이 살던 현실 세계의 농촌과 그다지 다를 것이 없었다.

덕분에 하진은 잠깐이나마 농촌으로 귀농한 느낌을 만끽할 수 있었다.

끼릭, 끼릭.

낡은 짐마차를 끌고 번화가로 나가 보니 사람들로 거리가 북적이고 있다.

짐을 싣고 다니는 상인들, 휴가를 나온 군인들, 대륙을 떠돌아다니는 여행객까지 수많은 사람들이 한데 어우러져 도시를 구축하고 있었다.

하진은 도시 중앙에 있는 분수대 광장에서 철물점으로 가는 이정표를 찾아보기로 했다.

촤아아아아아아악!

물줄기가 힘차게 뻗어 나와 사방을 촉촉하게 적시는 이곳은 아이들이 물장난을 치기 아주 안성맞춤으로 보였다.

하진은 아이들이 뛰어노는 분수대 옆에 있는 마을광장 이정표를 들여다보았다.

"으음, 보자."

바로 그때였다.

지이이이잉!

그의 눈앞에 홀로그램처럼 늘어서 있던 인터페이스에 미니맵과 전체 지도 탭이 생겨났다.

'인터페이스가 새로 생겨났어? 으음.'

아무래도 인터페이스는 하진이 게임 세상에 대해 알아가는 만큼 진화하는 것 같았다.

이곳에서 미니맵을 얻은 하진은 목적지를 인근 철물점으로 지정했다.

무한의 영주에선 미니맵을 통하여 자동 길 찾기가 가능하기 때문에 해당 맵에 대한 정보만 있으면 간단하게 이동할 수 있었다.

지금도 마을 이정표를 통하여 얻은 정보들이 마치 내비게이션처럼 그에게 길을 알려주고 있었다.

'편리하군. 이렇게만 된다면 길을 잃을 걱정은 없겠어.'

하진은 미니맵이 알려준 번화가 최대의 철물점을 찾아갔다.

까앙, 까앙!

이곳은 대장간과 자재상을 겸해서 운영하는데, 어지간한 철물은 이곳에서 다 구할 수 있었다.

하진은 우락부락하게 생긴 자재상의 종업원에게 목재와 나무못을 구매할 수 있는지 물었다.

"오동나무나 떡갈나무로 된 합판은 얼마쯤 합니까?"

"일 미터짜리 나무 합판 한 개에 동화 한 개입니다. 최상급 향나무의 경우엔 동화 열 개는 주셔야 하고요."

"오동나무로 열 장 주십시오."

"네, 알겠습니다."

이곳은 좋은 돌이 많이 나기도 하지만 합판을 만들 정도의 질을 가진 나무는 꽤 흔했다.

때문에 땔감이나 공사용 합판의 경우에도 그 값이 그다지 비싸지 않았다.

물론 최상급 합판의 경우엔 그 가격이 생각보다 꽤 나가는 편이다.

하진은 합판과 나무못을 동화 12개에 구매하고 망치와 끌, 대패 등을 구매해 철물점을 나섰다.

하지만 바로 그때, 하진의 시선을 잡아끄는 것이 있었다.

대장간 이용권 판매―레시피에 따라서 가격을 책정합니다

"레시피?"

하진은 대장간 이용권을 판매하는 상인에게 다가갔다.

"대장간 이용권을 얼마에 판매합니까?"

"일단 조합법이 담긴 레시피를 가지고 오셔야 구매가 가능합니다. 이곳에서 구매해서 대장간을 찾아가시면 그대로 만들어 드립니다."

그제야 하진은 이것이 바로 몬스터를 사냥하면 가끔씩 떨어지던 레시피의 사용처라는 것을 알 수 있었다.

무한의 영주에는 엄청나게 많은 무기가 있고 그것을 만들어 내는 조합법이 존재했다.

레시피가 존재하는 장비의 경우엔 대부분 레어 등급 이상의 물건들이기 때문에 만들기만 하면 꽤나 비싼 값에 팔리곤 했다.

하지만 그 재료를 구하는 것도 생각보단 쉽지 않아서 시간적 여유가 없는 사람은 대부분 그것을 상점에서 구매하거나 플레이어 간의 거래로 구매했다.

하진은 이곳에 게임에 있는 모든 시스템이 전부 다 구현되어 있다는 것을 알 수 있었다.

물론 하진의 관점에서만 활성화된 시스템이 상당히 많지만 기본적인 틀은 역시 게임의 것을 따르고 있었다.

'흥미로운 공간이군.'

이제 하진은 며칠 동안 먹을 식량을 구하기 위해 식료품 상점을 찾아갔다.

＊　　　　＊　　　　＊

　식료품 상점은 이곳의 생활에서 필요한 모든 식량이 전부 다 구비되어 있었는데, 하진의 경우엔 비상식량으로 사용할 건포나 육포 등이 필요했다.
　"말린 육포와 견과류, 건어물을 구매하려 합니다."
　"마른 음식이 필요한 것이군요?"
　"네, 그렇습니다."
　상점의 종업원은 하진에게 새끼줄로 엮은 쇠고기 육포와 말린 대구포를 보여주며 말했다.
　"쇠고기는 3㎏ 단위로 팔고, 3㎏에 은화 한 닢입니다. 대구포는 10㎏에 은화 한 닢입니다. 다만 대구포는 쇠고기와는 다르게 1㎏ 단위로도 팝니다."
　"쇠고기 10㎏과 대구포 10㎏ 주십시오."
　"네, 알겠습니다."
　말린 육포와 대구는 제습만 잘하면 꽤 오래 버티는 음식이기 때문에 전장에 나가거나 여행을 할 때 먹으면 좋다.
　그 밖에 하진은 식사 대용으로 먹을 수 있는 견과류와 건과

일을 구매해서 식료품점을 나섰다.

이제 어지간히 긴 레이드가 아니면 밥을 굶을 일은 절대로 없을 것이다.

하진은 짐마차에 자재와 식료품을 싣고 자신의 집으로 향했다.

끼릭, 끼릭.

집으로 향하는 길에 보이는 여관으론 수많은 용병과 떠돌이 여행자들이 들락거리고 있었는데, 그중에는 음유시인과 광대들도 꽤 보였다.

"수리를 끝내면 맥주나 한잔해야겠군."

여관 '플레토'에 눈도장을 찍은 하진은 즐거운 마음으로 말을 몰았다.

그렇게 대략 10분쯤 말을 몰다 보니 분수대 옆으로 길게 늘어선 행상들이 눈에 들어왔다.

"마정석 팔아요!"

"포션 종류 싸게 팝니다! 잡화점보다 싸요!"

이곳은 떠돌이 여행자들이 사냥이나 채집으로 모은 아이템을 판매하고 있는 것 같았다.

하진은 이곳의 광경이 꼭 게임 속 장터를 보는 것 같다는 생각이 들었다.

그는 짐마차를 끌고 다니면서 여행자들의 물건을 구경해 보았다.

마법이 걸린 무구부터 특수한 포션, 무기의 재료가 되는 마정석 등이 줄을 지어 늘어서 있다.

하진은 그중에서도 검은색 로브를 뒤집어쓴 채 정체불명의 알을 판매하는 노인 앞에 멈추어 섰다.

"어르신, 그 알들은 다 뭡니까?"

"동부대륙 심해 괴물의 배에서 나온 것이라고 하더군."

"심해 괴물이요?"

"내 손자가 전쟁에 나갔다가 빵과 바꾼 것이라고 했어. 자세한 것은 나도 잘 모르네."

"흠……."

"듣기론 일정한 마력을 받으면 반응한다는데, 우리 집안에는 마력을 다룰 수 있는 사람이 없어서 말이야."

이곳에서 마법은 상당히 흔한 술법이지만 그것을 다룰 수 있는 사람은 최소한 자유민 이상의 대우를 받게 된다.

흔하지만 아무나 부릴 수 있는 술법은 아니기 때문에 그만한 대우를 받는 것이다.

하진은 자신에게 있는 마나와 이 알이 반응할지도 모른다는 생각이 들었다.

그는 다섯 개의 알을 모두 구매하기로 했다.

"그 알, 얼마씩 파십니까?"

"한 개에 10실버만 주시게나."

"으음, 조금 비싼 것 같은데요?"

"…그럼 한 개에 8실버로 하겠네. 어떤가?"

"다섯 개 모두 다 해서 35실버 어떠십니까?"

하진이 제안한 가격이 나쁘지는 않았는지 그는 흔쾌히 고개를 끄덕였다.

"뭐, 좋네. 35실버에 가지고 가게나."

"고맙습니다."

값을 치른 하진은 짚단에 알을 잘 포장해서 달구지에 실었다.

그러자 노인이 하진에게 알을 하나 더 건넨다.

"에잇, 시장에 더 있어봐야 뭐 하겠어? 마지막 남은 것인데 2실버에 가지고 가게."

"오오, 그래도 되겠습니까?"

"괜찮아."

지금 하진이 가지고 있는 무기들과 비슷한 느낌이 드는 이 알들은 그 안에 마력이 숨겨져 있는 것이 분명했다.

그런 알을 2실버에 구매한다는 것은 아주 괜찮은 제안이다.

하진은 노인에게 은화를 건네고 그것을 잘 포장해서 다른 알과 함께 실어 집으로 향했다.

　　　　　*　　　　　*　　　　　*

공사가 한창인 하진의 저택.

쿵쾅, 쿵쾅!

도심 한복판에 있다곤 해도 이 근방에는 함께 사는 사람들이 별로 없었다. 그 때문인지 공사의 소음이 유난히도 크게 들리는 것 같았다.

"최소한 층간소음으로 싸울 일은 없어서 좋군."

개인주택에서의 생활 중 가장 좋은 점은 역시 누구의 방해도 받지 않는다는 점이다.

마음껏 나무를 자르고 재단하여 집을 고치다 보니 밤이 깊어오고 있다.

부우, 부우!

하진은 저 멀리서 부엉이 우는 소리가 들려오자 아무래도 공사를 끝내야 할 것 같다는 생각이 들었다.

"자, 그럼 마무리하고 술이나 한잔해 볼까?"

그는 달구지를 창고에 넣어놓고 말의 여물까지 준 후에 방으로 돌아온 그의 손에는 짚단으로 잘 엮어놓은 다섯 개의 알이 들려 있었다.

하진은 그 알을 유심히 들여다보았다.

"흐음, 이게 도대체 뭐 하는 알일까?"

일단 신기해서 사긴 했지만 이 알이 무슨 알인지 도저히 알수가 없었다.

무려 37실버나 주고 산 이 알들에 대한 미스터리는 지금의 하진로선 풀어낼 수 없는 문제였다.

"에라, 모르겠다."

그는 알들을 침태 위에 잘 올려놓고 아까 전 눈도장을 찍어둔 술집으로 향했다.

여관 플레토의 밤은 와자지껄했다.

웅성웅성!

사람들이 떠드는 소리와 술잔 부딪치는 소리로 불야성을 이루고 있는 플레토로 하진이 들어섰다.

그는 아무 곳에나 자리를 잡고 앉아 점원을 불렀다.

"맥주 한 잔 주십시오!"

"네, 가요!"

이곳에 처음 와보는 하진이지만 말이 통하는 이상 맥주 한잔 못 시킬 리는 없었다.

잠시 후, 점원이 차갑게 살얼음이 언 맥주를 가지고 왔다.

"여기 우리 집 특제 맥주요! 안주로 필요한 게 있으신가요?"

"아니요. 없습니다."

"네, 알겠습니다! 동화 한 닢 되겠습니다!"

이곳에서 마신 술값은 그때그때 계산해서 점원이 담당하도록 하는 모양이다.

하진은 그녀에게 동화 한 닢을 건네면서 물었다.

"이 근방에 포션 파는 곳이 어디에 있죠?"

"포션이요? 힐링포션 같은 것 말인가요?"

"네, 그렇습니다."

"으음, 보통은 잡화점에서 팔죠. 조금 더 싸게 사고 싶으면 상아탑으로 직접 가시는 방법이 있고요."

"아하, 상아탑!"

이곳 잡화점들도 결국엔 물건을 먼 거리에서 도매가로 사와서 소매가로 판매하는 것이다.

그러니 포션의 원산지에 직접 가서 물건을 가지고 오게 되면 하진 역시 같은 값에 포션을 구매할 수 있다는 소리였다.

지금까지 게임을 하면서 잡화점의 포션이 어디에서 왔는지 신경을 써본 적도 없는 하진였기에 그녀의 설명이 참으로 흥미로웠다.

"상아탑과 이곳은 거리가 꽤 먼가요?"

"아니요, 그렇지는 않아요. 가는 길에 몬스터가 워낙 많아서 그렇지 거리는 그리 안 멀어요."

"흠, 그렇군요."

"만약 가신다면 남부 수풀 지대를 통해서 내려간다면 빨리

갈 수 있어요."

"고맙습니다."

그녀에게 동화를 한 닢 더 건넨 하진은 자신의 인벤토리에
저장해 둔 레이드 스케줄 표를 확인해 보았다.

8월 4차 레이드 공식 스케줄
제1공격대 남부 수풀 지대 3지역.
레이드 기간 : 8월부터 9월 21일까지 약 25일간.

하진은 그녀가 말한 포션의 원산지까지 레이드 원정대와 함
께 떠날 수 있을 것이라고 확신했다.

"좋아, 그동안 공격대만 잘 꾸리면 돈을 아끼는 데는 별문제
가 없겠어."

예로부터 유비무환이라고 했다.

평소에 준비만 잘 해놓으면 그 어떤 환란이 닥쳐도 문제없다
고 했으니 지금부터 준비한다면 추후에 칼리어스에 열강들이
쳐들어와도 잘 대비할 수 있을 것이다.

하진은 살얼음이 살짝 언 맥주를 한 모금 머금었다.

꿀꺽!

"크흐, 좋구나!"

맥주엔 각종 향신료와 레몬 향이 아주 약간 섞여 있는 것 같

았다.

이런 맥주의 경우엔 향이 아주 독특하기 때문에 맥주를 좋아하지 않는 사람들은 잘 마시지 못할 것이다.

그러나 하진은 맥주 골수 마니아였기 때문에 이런 향이 섞인 맥주는 언제든 환영이었다.

그는 남은 맥주를 천천히 음미해 마시면서 추후 스케줄에 대해 조율했다.

바로 그때, 하진의 곁으로 한 청년이 다가왔다.

쿠웅!

하진은 자신의 곁에 똑바로 서 있는 거대한 술잔을 바라보며 고개를 갸웃거렸다.

"뭡니까?"

"어이, 샌님, 이 술집에서 특제 맥주를 마시면서 이 정도도 마시지 않으면 주인장에 대한 실례라고! 한잔하지?"

그는 등에 거대한 대검을 매달고 있었는데, 그 대검에는 몬스터의 것으로 보이는 피딱지가 덕지덕지 붙어 있었다.

아무래도 이 사람은 정규군이 아닌 떠돌이 용병으로 보였다.

"지금 나에게 시비 거는 겁니까?"

"큭큭, 시비 거는 겁니까? 샌님이 말도 하네?"

"하하하! 대장, 아랫도리 좀 확인해 봐! 오줌 지린 것 아니야?"

"……"

그를 대장이라 부르는 세 명의 용병은 하진을 바라보며 조롱 섞인 웃음을 남발하고 있었다.

하진은 자신의 스케줄러를 덮어버렸다.

탁!

"시비를 걸고 싶은 것이라면 얼마든지 싸워줄 수 있다."

"오오, 센데? 지렁이도 밟으면 꿈틀한다고 하더니 정말인 모양인데?"

"대장, 그놈을 묵사발로 만들어 버려!"

그 언젠가 이곳 용병들의 생활에 대해 잠깐 들어본 적이 있는 하진이다.

용병들은 워낙 많은 전장을 누비고 다닌 덕분에 실전 경험은 풍부하지만 속박되는 것을 싫어해서 몬스터를 잡아서 생을 연명하거나 레이드 의뢰를 받아서 생활을 꾸려 나간다.

때문에 정규군을 상당히 싫어하는 편이며 특히나 기사 작위를 받는 사람을 깔보는 경향이 있었다.

게임에선 그들의 성향이 그냥 '지랄 같다'고 표현되어 있었지만 막상 그와 맞닥뜨려 보니 그 이유를 알 것도 같았다.

이곳 영지에선 비리가 판을 치고 있으니 꼭 실력이 있다고 기사가 되는 것도 아니고 그렇다고 진짜 실력이 있는 기사도 드물었다.

일이 이 지경이니 저런 떠돌이 용병이 하진을 깔보는 것도 무리는 아니었다.

하진은 그에게 손짓을 보냈다.

까딱까딱.

"덤벼. 아주 묵사발을 만들어주마."

"…이 새끼, 오늘 잘 걸렸다!"

"아아, 잠깐!"

하진은 자리에서 일어나 자신의 앞에 있는 몸통만 한 술잔을 단숨에 들이켜기 시작했다.

꿀꺽꿀꺽!

"크흐, 좋다!"

"저, 저 작은 오크통을 혼자서 다 비웠어?"

"대단하군."

사실 하진은 이 많은 술을 다 마시지 않고 마나를 이용해서 즉시 태워 버렸다.

가끔 게임 내에선 여관에서 영지군과 영주가 술을 마시는 일이 발생하곤 하는데, 그때마다 술을 마나로 태워서 병사들의 사기를 북돋아주기도 했다.

하진은 같은 방법으로 술을 다 태워 버린 후 그를 밖으로 불러냈다.

"나가지."

"흥, 좋다!"

일단 술로 기선 제압을 했으니 어중이떠중이 용병을 해치우는 일은 그리 어려운 일이 아니었다.

하진은 밖으로 나가자마자 주머니에서 대거를 꺼내어 거꾸로 쥐었다.

척!

"선공을 허락해 주겠다. 기회가 있을 때 끝내는 편이 좋아. 안 그러면 넌 오늘 병신이 될 것이거든."

"이 새끼가 입만 살았구나!"

부웅!

사내는 하진에게 거대한 검을 휘둘렀고, 그것은 하진의 머리를 스치고 지나갔다.

서걱!

'빠르다!'

아무리 적게 잡아도 40kg은 족히 나갈 법한 검을 빠르게 휘두르다니 근력과 민첩성이 대단한 남자라고 할 수 있었다.

하진은 그의 대검을 발로 걷어찬 후 몸을 빙그르르 회전시켜 사내의 멱살을 틀어쥐었다.

그리곤 곧바로 자신의 허리를 골반에 가져다 붙였다.

이제 뒷발을 상대방의 가랑이 사이에 집어넣기만 하면 유도의 엎어치기 자세가 된다.

꽈득!

"아, 아니?"

하진은 왼손에 쥐고 있던 대거를 입가에 가져다 물고 그 손으로 사내의 다른 쪽 멱살을 틀어쥐었다.

턱!

이로써 양손이 엇갈리면서 엎어치기가 제대로 힘을 받게 될 터였다.

대거를 입에 물고 양손을 사용한 하진의 행동은 그가 보기엔 상당히 의외로 생각되었을 것이다.

하지만 싸움에서 바로 한 수만 내다보는 것은 패배를 재촉하는 일이다.

"이게 바로 엎어치기라는 것이다!"

부웅, 콰앙!

"크헉!"

매트리스가 있는 바닥에서의 유도는 그저 스포츠이지만 딱딱한 맨바닥에서의 유도는 거의 살인 기술에 가깝다.

그렇기 때문에 실제 싸움에서 유도를 익힌 사람과 맞붙게 되면 뼈가 몇 개 부러지는 것은 예삿일이다.

"으헉, 으헉!"

"꽤 아플 것이다. 하지만 전력으로 메치지는 않았으니 허리가 아작 나는 일은 없겠지."

"이, 이 개자식을······!"

엎어치기를 당하고도 정신을 못 차린 것인지 그는 자리에서 벌떡 일어섰다.

팟!

하진은 슬그머니 미소를 지었다.

"호오, 맷집이 제법인데?"

"···이 자식, 아까는 내가 방심했다! 이번에는 절대로 봐주지 않겠어!"

그는 다시 자세를 잡았고, 하진은 이제 정말 싸움을 끝내야겠다고 생각했다.

"자, 그럼 이번엔 내가 먼저 공격하겠다."

"이, 이 새끼가······!"

파밧!

하진은 보병의 기본 스킬 중에서 '대시'를 사용하여 그에게 빠르게 다가갔다.

대시는 전투에서 전방으로 돌격하는 용도로만 사용하기 때문에 기마병이 아니면 잘 사용하지 않는 스킬이다.

하지만 일대일 육탄전에서 대시를 사용하게 되면 그 효과는 극대화된다.

더군다나 각종 아이템에 스킬 레벨을 올리는 옵션이 붙어 있으니 스킬 레벨을 1만 올려도 최상의 시너지가 발휘될 터였다.

재빨리 그의 앞으로 쇄도해 들어간 하진은 면전으로 주먹을 뻗었다.

쉭!

잽을 한 차례 뻗자 사내는 재빨리 가드를 올려 주먹을 막아 냈다.

하진은 잽을 페인트 모션으로 주고 곧바로 하단을 노리고 들어갔다.

"태클은 페인트 모션이 중요하지!"

"아, 아니!"

하진은 사내의 오금을 잡고 단번에 그를 바닥에 메쳐 버렸다.

콰앙!

"크허억!"

"앞으론 사람을 봐 가면서 시비 거는 것이 좋을 것이다."

사내의 마운트 포지션으로 올라탄 하진은 그의 턱에 마나를 실은 주먹을 꽂아 넣었다.

빠각!

"......"

이동속도 증가 효과가 붙은 팔찌를 착용한 하진의 주먹은 한층 더 무거웠고, 사내를 단 일격에 기절시켰다.

쭉 뻗어버린 사내의 상위 포지션에서 일어선 하진은 용병들에게 말했다.

"앞으로 한 번만 더 기사에게 도전장을 내민다면 목을 베어버릴 것이다. 명심하도록."

"…젠장!"

그들은 뻗어버린 사내를 데리고 여관으로 들어가 버렸고, 하진은 주인장에게 사과의 의미로 은화 한 닢을 튕긴 후에 집으로 돌아갔다.

*　　　*　　　*

한 차례 싸움을 끝내고 집으로 돌아온 하진은 우물가에서 대충 몸을 씻은 후 잠을 청하기로 했다.

촤라라락!

"어허, 시원하다!"

오늘의 묵은 때를 전부 다 벗겨낸 그의 머리는 한층 더 가벼워졌다.

이제 잠자리에 들기 위해 침실로 올라간 하진은 자신의 눈을 의심했다.

"으응? 알이……."

다섯 개이던 알이 네 개로 줄어들어 있었다.

하진은 다섯 개의 알 중에서 마지막으로 산 분홍색 알의 껍

데기가 꺼져 있다는 것을 알 수 있었다.

"…부화했나?"

그는 부화한 무언가를 찾기 위해 침실을 뒤적거렸다.

바로 그때, 침대보 위쪽에 있던 베개를 뚫고 조그만 요정 한 마리가 튀어 올랐다.

스르르릉!

"주인님?"

"누, 누구……?"

"방금 전에 알에서 깨어난 링크라고 해요."

"링크?"

하진은 이 링크라는 요정을 어디선가 본 적이 있다고 생각했다.

가만히 생각에 잠겨 있던 하진은 무릎을 쳤다.

"아, 아아! 그 요정 링크?"

"저를 아세요?"

요정 링크는 플레이어가 가장 처음으로 만나게 되는 NPC인데, 튜토리얼과 영지 발전의 거의 모든 업무를 대행하게 된다.

한마디로 하진에게 있어서 없어선 안 될 인물이라는 소리다.

하진은 링크에게 악수를 청했다.

"반가워. 하진라고 한다."

"하진? 특이한 이름이군요."

"뭐, 듣기에 따라선 그렇게 들릴 수도 있겠지."

"아무튼 저도 반가워요. 이렇게 주인님을 만나 뵙게 될 줄은 몰랐어요. 하필이면 시장통에서 산 알에서 깨어나다니 체면을 구겼네요."

"그럼 어떻게 태어나야 체면을 안 구기는데?"

"으음, 지금까지 저는 물보라를 뚫고 태어나거나 하늘에서 빛을 타고 내려왔어요. 몇 번의 주인들을 거치면서 말이죠."

"몇 번의 주인들?"

"저는 주인들을 만남에 따라서 그 형태가 바뀐답니다. 지금의 주인님 전에는 남평이라는 사람이 제 주인이었지요."

"남평이라……. 어디선가 들어본 적이 있는 것 같기도 하고……."

"아무튼 이렇게 만나게 되었으니 잘 지내봐요."

그녀는 하진에게 붉은 양피지로 된 두루마리를 하나 건넸다.

"자, 받아요."

"이게 뭐야?"

"선물이라기엔 뭣하고, 주인님에게 도움이 될 수 있는 물건이에요."

하진은 그녀가 건넨 두루마리를 펼쳐 그 안의 내용을 살펴보았다.

[퀘스트 일지.]
메인 퀘스트 : 레벨 20을 달성하라.
경험치 보상 35,000

하진은 양피지를 바라보며 양쪽 미간을 살짝 찌푸렸다.

그는 의문점이 들거나 무언가에 집중할 때면 상항 양쪽 미간을 찌푸리는 습관이 있었다.

"이게 뭐야?"

"저는 주인님의 성향에 따라서 모습이 변해요. 그리고 그에 따라 제가 당신께 도움이 되는 능력도 같이 변하지요. 이번의 제 모습은 이래요. 당신을 돕는 요정이죠."

"그게 무슨……."

"이 세상은 주인님의 가장 중요한 무언가를 투영시켰어요. 혹은 상상만으로 머릿속에 가지고 있던 무언가를 투영시켰거나. 아무튼 이 세상은 주인님이 가장 잘 알고 있다고 생각해요. 이 두루마리가 무엇인지 정말 모르시진 않겠지요?"

하진은 이 두루마리가 게임 내에서 플레이어들에게 주어지던 퀘스트 목록이라는 것을 어렵지 않게 알 수 있었다.

당시의 아이콘과 두루마리의 모양이 이렇게 똑같은데 모르는 것이 오히려 이상한 일이었다.

"…종잡을 수 없는 세상이군."

"이런 세상 역시 주인님에 의해 만들어진 겁니다."

하진은 복잡한 심경에 사로잡혔다.

제6장
공격대

이른 아침, 하진은 출정 준비를 하는 중이다.

스윽, 스윽.

창끝을 숫돌에 갈아 뾰족하게 벼리고 방패의 철판을 새로 덧대어 내구도를 올렸다.

어제 철물점에서 사온 철 조각들을 이용하여 방어구까지 손질하고 나면 이제 정말 전투 준비가 끝나는 셈이다.

하진은 자신의 방어구를 준비하면서 전투마의 장비도 함께 준비했다.

푸드드득!

"꽤 괜찮은 준마를 주었어. 어지간하면 이 녀석은 잃고 싶지 않아."

그는 며칠 전 레이드에서 주운 방어구 중에서 말에 채울 수 있는 갑옷들을 개조하여 녀석에게 걸쳐주었다.

마법이 걸려 있는 갑옷이기 때문에 여러 가지 기능이 인첸트 되어 있지만 그 중에서 가장 쓸모가 있는 것은 역시 대시 마법 이었다.

하진은 인터페이스에서 전투마에 대한 정보를 열어보았다.

힘 : 31, 체력 : 50, 민첩 : 30, 마력 : 2.
보유 스킬 : 대시 Lv.1, 스테미너 리커버리 Lv.1

그는 전투마의 능력이 어지간한 보병보다 훨씬 낮다고 생각 했다.

"으음, 이 정도면 전장에서 큰 공헌을 하겠어."

전투마의 돌파력과 체력이 높다는 것은 굉장히 전투에 도움 이 되는 요인이다.

아마도 지금 이 상태로 기마대에 섞여서 출전해도 별로 이상 할 것이 없을 정도이다.

하진은 익숙하지는 않지만 말안장 위에 올라탔다.

"웃차!"

비록 말 타는 법을 익힌 지 얼마 안 됐지만 지금은 그럭저럭 타는 것에 꽤나 익숙해져 있었다.

하지만 아직까지 이 녀석을 타고 전투를 벌이기엔 무리가 있을 것 같았다.

"이랴!"

이힝힝!

하진이 말고삐를 당기자 녀석은 아주 천천히 걸어 배력으로 향했다.

다그닥다그닥!

오늘부터 대략 20일간 있을 레이드에 참여하기 위해 길을 나선 하진은 오래도록 집을 비울 것이다.

때문에 집안에 있는 거의 모든 식량을 가지고 나왔다.

묵직한 봇짐을 등에 짊어지고 길을 떠나는 하진에게 한 사내가 다가왔다.

"잠깐!"

"…뭐야?"

하진은 자신의 앞을 막아선 사내가 바로 어제 그에게 흠씬 두들겨 맞은 용병이라는 것을 알 수 있었다.

그가 하진의 앞을 막아선 채 말했다.

"가던 길을 잠깐만 멈춰줄 수 있겠나?"

"아직 덜 맞아서 그런 것이라면 지금 당장 물고를 내줄 수도 있다."

"아니, 내가 당신을 찾아온 이유는 다른 것이다."

용병 사내는 하진에게 자신의 검을 내밀었다.

"기사라고 들었다. 나를 공격대에 넣어줄 수 있겠나?"

"공격대? 지금 나의 휘하로 들어오고 싶다고 말하는 것인가?"

"그렇다."

하진은 그의 대검을 가만히 바라보았다.

낡고 거대한 이 검은 한 사람의 인생을 고스란히 담고 있는 물건이라고 생각되었다.

그는 용병 사내에게 물었다.

"내 부하가 된다는 것은 내 밑에서 내 명령을 따르며 살아가야 한다는 것을 의미한다. 할 수 있겠나?"

"…물론. 그 정도 각오도 없이 당신에게 내 검을 주지는 않는다."

"군인의 규율도 지켜야 할 것이다. 괜찮겠어?"

"당연한 소리."

하진은 그에게 따라오라고 손짓했다.

"가자. 마침 오늘부터 레이드가 있어. 오전에 공격대를 구성하게 될 텐데 나와 함께 가도록 하지."

"알겠다."

말에서 내린 하진은 그에게 손을 내밀었다.

"기왕지사 이렇게 된 것, 잘해보자."

"나야말로."

첫 만남이 썩 좋지는 못했지만 동료가 생긴다는 것은 아주 좋은 일이다.

하진이 그와 손을 맞잡는 순간, 그의 인터페이스 좌측에 열 개의 캐릭터 슬롯이 생겼다.

그는 이것이 바로 동료 시스템이라는 것을 어렵지 않게 알 수 있었다.

제1동료

칼잡이 용병. 정보 : 알 수 없음.

아직까지 이름도 모르는 사람이기 때문에 자세한 정보는 함께 전투를 떠난 후에야 업데이트되는 모양이다.

하진은 첫 동료의 이름을 물었다.

"그나저나 이름이 궁금하군."

"네이튼이다."

"네이튼이라……. 좋은 이름이군."

그제야 그의 첫 번째 동료의 이름이 칼잡이 용병에서 네이튼으로 변경되었다.

그러자 그의 이름 옆에 레벨과 성급이 표기되었다.

제1동료 : 네이튼.
동료 정보
Lv12.
능력치 ― 힘 : 21, 체력 : 80, 민첩 : 11, 마력 : 3.
성급 및 등급 ― 검술가 3성, 등급 C.

동료의 이름과 정보를 얻게 되면 이렇게 자세한 내용이 동료
창에 표기되는 모양이다.

하진은 네이튼의 가치에 대해 평가해 보았다.

'능력치는 좋은 편인데 등급이 좀 떨어지는군.'

게임에선 장비나 동료 강화 시스템으로 성급을 올릴 수 있었
지만 이곳에선 실제로 어떻게 되는지 알 수가 없었다.

더욱 자세한 것은 동료와 함께 지내다 보면 알게 될 것이다.

        *   *   *

조식을 먹고 배럭 내 연병장에 모인 100명의 병사들은 오늘
남부로 향하는 레이드를 위해 모였다.

엘리우드는 하진을 이번 레이드의 책임자로 명하고 그의 부

관으로는 궁수 출신 병사장 해리슨을 지명했다.

해리슨은 어려서부터 아버지를 따라다니며 사냥을 배웠기 때문에 독도법과 지형 탐사에 아주 탁월한 재능을 가지고 있었다.

하진은 해리슨과 함께 단상에 올라 이번 레이드의 경로에 대해 설명했다.

"우리는 남부 수풀 지대 제3지역으로 간다. 위험도는 대략 레벨 7~8 정도 되고 보스급 몬스터의 출현은 아직 알려진 바가 없다. 하지만 저번 트로클 사태처럼 무슨 일이 벌어질지 모르니 최대한 군장을 무겁게 싸는 편이 좋을 것이다."

하진은 자신의 뒤로 서 있는 야크와 소달구지들을 가리키며 말했다.

"이번 레이드는 야크와 함께한다. 식량과 물을 모두 저곳에 싣고 다니면서 사냥을 펼칠 것이다. 숙영은 개인용 소형 천막을 서로 이어 붙여 자리를 만들기로 했다. 질문 있나?"

지금까지 있던 레이드의 기록들을 살펴본 하진은 남작 군정이 얼마나 대충 공격대를 편성했는지 알 것 같았다.

그 흔한 보급병과 하나 만들지 않았고, 숙영지는 망토 하나로 해결하면서 병사들을 혹사시켰다.

그러니 레이드에서 돌아온 공격대가 별로 없었던 것이다.

하진은 고산지대 소과 짐승인 야크를 이용하여 달구지를

만들고, 그것을 이용하여 병사들의 식량을 충분히 적재시키고 사람 한 명이 간신히 들어갈 수 있는 개인용 천막을 제작했다.

개인용 군장의 무게는 대략 1~2㎏ 정도 늘어나겠지만 휴식 여건을 최대한 보장 받을 수 있다는 장점이 있었다.

병사들이 하진에게 몇 가지 질문을 했다.

"레이드에서 얻는 전리품은 어떻게 배분합니까?"

"자율 배분이다. 사냥한 사람이 알아서 가지고 가면 된다."

"얼마나 오래 걸립니까?"

"일단 정해진 기한은 21일이다. 하지만 사정에 따라 조금 줄어들 수도 있고, 늘어날 수도 있겠지."

몇 가지 질문에 답변해 준 하진은 앞으로 한 시간 후 성을 출발하여 본격적인 레이드를 시작하기로 했다.

아직 아침이슬이 마르기 전, 하진은 엘리우드에게 출정 보고를 올렸다.

척!

"제1공격대, 몬스터 레이드를 명 받았습니다!"

"그래, 가우스트 경. 아무쪼록 별 탈 없이 레이드를 끝내고 돌아오기를 바란다."

"예, 감사합니다!"

엘리우드는 하진에게 검은색 양피지로 둘둘 말린 두루마리를 건넸다.

"이번 공격대가 진격하게 되면 상아탑의 영토 안에 들어가게 될 걸세. 상아탑의 주인에게 이것을 전달해 주게."

"이게 뭡니까?"

"영주님께서 보내시는 전문일세. 마법사 중앙협회에서 상아탑 아나스타스 지부로 전달하기로 한 식량이 보충되지 않은 모양이야. 며칠 전에 영주님께 식량 조달을 부탁하는 편지가 왔는데 그것을 국경 수비대의 식량으로 조달하시려는 모양이더군."

"으음, 그렇군요."

"만약 그쪽에서 도움을 요청하게 된다면 이쪽으로 미리 전갈을 보내어 충분히 도움을 주게나. 상아탑은 우리에게 아주 중요한 기관이니까."

"예, 잘 알겠습니다."

바로 그때, 하진의 인벤토리에 있던 퀘스트 두루마리가 진동했다.

드르르르르르륵!

하진은 보고를 마친 후 퀘스트 두루마리를 펼쳐 보았다.

[퀘스트 목록]

레벨 20 도달, 상아탑의 마법사와 조우.

하진은 두루마리를 바라보곤 이내 고개를 갸웃거렸다.

"도대체 이 퀘스트 두루마리는 무슨 근거로 나에게 임무를 내리는 것일까?"

그의 의문점은 어느새 인벤토리에서 나와 있는 링크에 의해 풀어졌다.

"근거나 의무는 없어요. 그냥 두루마리는 하루하루 임무를 내리고 그에 대한 보상을 줄 뿐이죠. 한 마디로 랜덤이에요."

"음, 그런 것이었나?"

"아마도 그 퀘스트는 레벨이 올라갈 때마다 난이도가 조정되겠지요."

아무래도 이 두루마리는 하진의 상황에 맞춰 퀘스트 목록을 갱신시켜 그에 알맞은 보상을 주는 물건인 모양이다.

하진은 어쩌면 게임의 퀘스트 시스템이 현실로 구현되면서 이와 같은 물건이 만들어진 것이 아닌가 싶었다.

아직까지 보상 목록이 갱신되지는 않았지만 지금으로서는 하진이 해야 할 가장 큰 목적은 상아탑으로 가는 일이었다.

이제 그는 100명의 공격대를 이끌고 남부 제3수풀 지대로 진군을 시작했다.

＊　　　　＊　　　　＊

제3수풀 지대 입구.

또르르르륵, 또르르르르륵!

대낮임에도 불구하고 수풀 지대는 마치 황혼의 땅거미가 지는 것 같은 착각이 들었다.

하진은 해리슨에게 이곳의 특성에 대해 물었다.

"제3수풀 지대가 원래 이렇게 어두침침한가?"

"아닙니다. 이곳은 원래 햇살이 잘 듭니다. 그래서 과실이 많이 열리고 야생동물도 많은 편입니다."

"흐음."

"아무래도 뭔가 심상치 않은 일이 벌어지고 있는 것이 틀림없습니다."

묵묵히 하진의 뒤에서 걷고 있던 네이튼이 입을 연다.

"이런 현상, 어디선가 본 적이 있어. 서부대륙 사막지대 붉은 구릉에 있는 상아탑에서 이런 일이 벌어진 적이 있었다. 그때 주변에 있던 몬스터의 수가 급증한 것으로 기억한다."

"그런 일이 있었나? 이유는 알 수 없고?"

"자세한 것은 모르겠지만, 인근 주민들의 말에 의하면 상아탑에서 정체불명의 몬스터 시신들과 약초를 모으고 있었다고 하더군. 그래서 그들은 상아탑에서 뭔가 불미스러운 실험을 하는 것이 아닌가 하고 추측했다."

하진은 네이튼이 말한 그때의 현상과 지금의 상황이 일맥상
통한다고 생각했다.

배경이나 특정한 현상들이 그곳의 상황과 비슷하니 상아탑
에서 뭔가 수상한 일을 벌이고 있다는 말이 사실인지도 모른
다.

"어차피 우리의 목적지는 상아탑이니 그곳에 가보면 의문이
풀리겠군."

"이곳에서 상아탑은 대략 일주일 정도 걸립니다. 그럼 레이드
를 모두 마치지 않고 곧바로 상아탑으로 가는 겁니까?"

"엘리우드 장군께서 상아탑에 편지를 전달하라고 명령하셨
으니 그곳에서 며칠 머물면서 군사들을 재정비시키고 사나흘
정도 사냥을 하다 돌아가면 스케줄이 딱 맞지 않겠나?"

"알겠습니다. 그럼 그에 맞춰서 숙영지를 편성하겠습니다."

"그리하게."

하진은 첫 숙영지 편성을 위하여 남쪽으로 병력을 이끌었
다.

제3수풀 지대 초입에 들어서자마자 미처 예상치 못한 일이
벌어졌다.

끼릭, 끼릭.

"스켈레톤이 이렇게 많이 생성되었다니, 인근에 네크로맨서라도 있는 것인가?"

"그건 아닐 겁니다. 원래 이곳에는 역병으로 죽은 사람이 많이 파묻혀 있습니다. 몬스터들의 시신이 부패하면서 시신들에게 암흑 마력이 쌓였겠지요. 역병이 퍼진 마을에서는 가끔 이런 일이 발생하곤 합니다."

몬스터들은 기본적으로 어느 정도의 마나를 품고 있기 때문에 그 시신이 사람의 사체 위에서 부패하게 되면 암흑 성향의 마력을 생성하게 된다.

그리고 그 암흑 성향의 마력은 인간의 사체를 스켈레톤이나 좀비, 구울 등으로 바꾸기도 한다.

물론 이러한 환경에 대해선 게임에서 언급하지 않았으니 하진이 이런 상황에 대해서 알 리는 없었다.

하진은 공격대를 세 개 조로 편성하여 진격했다.

첫 번째 보병조가 방패를 들고 전진하면서 스켈레톤의 파상 공세를 막아내면 그 뒤의 궁수들과 화포수들이 원거리 포격을 퍼부어 적을 섬멸하는 방식이다.

야크와 짐은 경계조가 후방을 사수하면서 보급병들과 원거리 공격수들을 보호하게 되니 방어 전술로는 제격이었다.

하지만 진군에 꽤 많은 시간이 걸리는 것이 가장 큰 단점이라고 할 수 있었다.

"보병, 방패진!"

촤라라락!

"궁수, 화포수, 발사!"

핑핑핑, 퍼엉!

마공탄과 불화살이 스켈레톤 무리를 불태우자 보병들은 그것을 밟고 천천히 전진했다.

"대장님, 적들의 첫 번째 열이 전멸했습니다!"

"좋아, 계속해서 전진한다!"

보병이 펼친 방패진에는 하진 역시 함께 서 있었고, 그 곁에는 네이튼도 있었다.

네이튼은 하진에게 달려드는 스켈레톤을 처지하면서 물었다.

"이렇게 걸어 다니는 시신들이 즐비한데 숙영지를 펼칠 수 있겠나?"

"젠장, 이런 복병이 숨어 있을 줄은 꿈에도 몰랐군."

하진의 바로 뒤에서 활로 스켈레톤을 저격하고 있던 해리슨이 말했다.

"오늘 잠은 다 잔 것이지요. 사람들만 레이드를 떠났다면 몰라도 야크들을 나무 위로 올릴 수는 없는 노릇이니까요."

"흠……."

하진은 자신의 뒤를 따르는 네 마리의 야크가 끄는 소달구지를 바라보았다.

음머!

지금은 겁을 먹지 않고 잘 따르고 있지만 밤이 짙으면 과연 저들이 안정적으로 병사들을 따라다닐지는 미지수였다.

하진은 이번 레이드를 위해 제공한 제3수풀 지대의 지도를 펼쳐 지형을 살폈다.

수풀 지대의 외곽에는 거대한 협곡 지대가 펼쳐져 있고 상아탑으로 가는 길목에는 총 다섯 개의 동굴이 위치해 있었다.

협곡 지대를 타고 간다면 조금 더 많은 은폐 지역을 확보할 수 있겠지만 레이드의 기간이 너무 길어진다.

하진은 하는 수 없이 차선책을 선택할 수밖에 없었다.

"첫 번째 동굴을 향해서 빠르게 진군한다. 그곳까지는 앞으로 하루, 그동안은 피곤해도 쉬지 않고 진군하는 수밖에 없다."

"하지만 그렇게 되면 병사들이 너무 지칠 텐데요?"

"이 안에서 스켈레톤과 싸우다 죽는 것보다는 훨씬 나을 것이다."

"하긴, 그건 그렇군요."

"이 인근의 동굴에도 사람의 시신들을 모아두었나?"

"다행히도 그건 아닙니다. 이곳의 동굴에는 원래 수풀 지대의 과실들을 모아두던 저장고가 있기 때문에 시신은 보관하지 않습니다."

"잘되었군. 그럼 그곳까지 가서 1박 2일 동안 군대를 정비한 후 다시 출발하면 되겠어."

"알겠습니다. 군사들에게 그렇게 전달하겠습니다."

이 많은 몬스터를 해치우면서 전진한다는 것이 그리 녹록지 만은 않은 일이겠으나 이보다 더 좋은 방법은 없을 듯했다.

하진은 병사들과 함께 자신의 눈앞에 있는 스켈레톤을 차례 대로 해치우면서 전진했다.

*　　　　*　　　　*

원래 제3수풀 지대에는 라이칸스로프나 고블린 같은 레벨 6~7의 몬스터들이 즐비해 있었지만 최근에는 스켈레톤이 출 몰해서 그 세력이 다른 지역으로 옮겨간 것으로 보였다.

스켈레톤의 레벨은 4이지만 그 숫자가 워낙 많아서 이것을 다 해치우는 데 상당한 체력 소모가 이어졌다.

더군다나 레벨이 낮고 아이템의 드랍이 거의 드물기 때문에 굳이 따지자면 레이드 자체가 쓸모없는 여정이 되었다.

"빌어먹을. 이거참 왜 뻘짓을 하는지 모르겠네."

"그래도 병사들의 실전 경험과 생존 경험이 쌓이는 일이니 아주 밑지는 장사는 아니지요."

벌써 열 시간째 해골바가지들과 난전을 벌이다 보니 병사들의 사기가 아주 말이 아니었다.

하지만 그나마 전투의 체계가 차근차근 형성되어 간다는 것은 긍정적인 면이었다.

더군다나 레벨이 4 이하로 낮은 병사들이 안정적으로 레벨업을 할 수 있다는 것이 가장 큰 장점이었다.

해골 무덤을 넘고 또 넘다 보니 이제 막 동굴이 가시거리 안으로 들어왔다.

"대장님, 전방에 동굴이 보입니다!"

"제군들, 이제 이 지긋지긋한 행군의 끝이 보인다! 모두들 힘내라!"

"예, 대장님!"

하진의 독려에 힘입어 동굴 입구까지 도착한 공격대는 수색대를 편성하여 동굴 안의 상황을 조사하기로 했다.

"해리슨, 병사 20명을 데리고 동굴 안을 조사해 주게."

"예, 알겠습니다."

수색대원들을 이끌고 동굴로 들어간 해리슨을 뒤로한 하진은 이곳에서 가용할 수 있는 모든 장애물을 설치하고 그것을 최대한 이용하기로 했다.

동굴은 약 500미터가량의 경사를 앞두고 있기 때문에 스켈레톤의 파상공세를 막아내기엔 아주 안성맞춤이었다.

하진은 경사면에 목책을 세우고 사람이 들어 나를 수 있는 최대한 무거운 돌덩이로 돌무덤을 만들었다.

이렇게 해놓으니 스켈레톤이 하진의 진영까지 오기도 전에 모두 다 죽어 나자빠지고 있었다.

"좋아, 이 정도면 되었다. 모두들 이곳에 개인호를 파고 화포의 포진을 만들자."

"예, 대장님!"

병사들은 영지에서 가지고 온 곡괭이와 삽을 가지고 땅을 파고 그 앞을 인근 잔디를 이용하여 단단히 정비했다.

이렇게 진지를 구축해 놓으면 궁수들과 화포수들이 사격하는 데 많은 도움이 될 것이다. 그러니 적은 병력으로도 충분히 적을 막아내면서 휴식을 취할 수 있을 터였다.

"진지를 구축하고 나면 동굴의 입구에 임시 목책을 쌓고 경계조를 편성한다. 그때까진 계속 놈들과 싸움을 벌여야 할 것이다."

"알겠습니다!"

전방의 해골들을 효과적으로 막아내며 진지를 구축시킨 하진은 떠난 지 30분 만에 돌아온 해리슨의 보고를 받았다.

"동굴 안은 이상 없는 것 같습니다. 아주 세밀하게 살펴보았는데 바닥에 반석이 깔려 있어서 스켈레톤이 바닥에서 솟아난다고 해도 문제없을 겁니다."

"좋아, 그렇다면 그곳에 숙영지를 편성하고 병사들을 동원하여 목책을 쌓자고."

"예, 알겠습니다."

비록 이틀 동안 잠을 자지 못한 병사들이지만 이제 곧 편안한 휴식이 주어질 테니 무거운 걸음이라도 차근차근 떼려고 노력하는 모습이 보였다.

하진은 병사들과 함께 목책을 쌓고 진지를 구축했다.

＊　　　＊　　　＊

다음날, 하진은 해리슨과 교대하면서 대략 일곱 시간 정도 충분히 휴식을 취하였다.

하지만 목책을 쌓은 후에 몰려든 스켈레톤 때문에 공격대의 진격로가 막혀서 이곳에 고립되고 말았다.

끼릭, 끼릭!

끝도 없이 밀려드는 스켈레톤을 바라보며 하진은 이해할 수 없다는 듯이 고개를 갸웃거렸다.

"아무리 죽은 시신들이 부활한다고 해도 이렇게 많은 스켈레톤이 형성되었다는 것은 도무지 이해할 수 없군."

"아무래도 정말로 상아탑에서 뭔가 수상한 실험을 자행하고 있는 것이 맞는 것 같습니다."

"도대체 무슨 실험을 하기에 이토록 몬스터가 차고 넘친다는 말인가?"

하진은 깊은 고민에 빠질 수밖에 없었다.

이대로 상아탑으로 계속해 진군한다면 도대체 얼마나 많은 몬스터를 추가로 제거해야 할지 모른다.

하지만 이대로 영지로 돌아가게 되면 무려 두 가지 명령을 수행하지 못한 것이니 병사들의 레이드 보상에도 문제가 생길 것이다.

레이드가 끝나면 영주는 레이드 보상금과 함께 포상을 지급하게 되는데, 이것은 넉넉지 못한 그들의 살림에 소중한 보탬이 된다.

하진은 안전과 보상, 이 둘 중에 하나를 선택하지 않으면 안 되는 상황에 이르게 되었다.

"대장님, 어떻게 할까요?"

"흐음……."

가만히 생각에 잠겨 있던 하진에게 해리슨이 말했다.

"이건 그냥 제 생각입니다만, 이대로 그냥 돌아가도 어차피 병사들이 기뻐하지는 않을 겁니다. 지금 돌아가 봐야 가정에 가져다 줄 돈이 없기 때문이죠."

"그래, 가장의 가장 큰 역할은 가정을 건사하는 것이지. 하지만 그들이 돌아가지 못하게 되면 평생 굶어야 하지 않나?"

"지금 돌아가도 굶는 것은 매한가지지요."

하진은 자신의 인터페이스에서 제3수풀 지대의 전역 지도를 살펴보았다.

지금부터 두 번째 동굴까지 가는 데 걸리는 시간은 대략 9시간쯤이고 나머지 동굴들은 엇비슷한 간격으로 놓여 있었다.

'그래, 이 정도면 사건 사고가 발생해도 충분히 병사들이 버틸 수 있겠어.'

그나마 야크에 짐을 싣고 왔기 때문에 식량은 걱정할 필요가 없다는 것이 하진의 짐을 덜어주었다.

그는 진격하기로 결정했다.

"우리의 앞을 막는 적을 격파하고 레이드를 완수한다. 그리고 임무가 끝나고 나면 돌아가 한몫 단단히 잡자고."

"예, 대장님!"

하진은 공격대를 이끌고 두 번째 동굴로 향했다.

*　　　*　　　*

칼리어스의 수도 네르비아의 왕궁 대전에 대소 신료들이 모두 모여 있다.

국왕 레일슨과 재상 피로츠의 주도 하에 모인 대소 신료들은 작금의 사태에 대하여 의견을 나누고 있었다.

"사절단으로 떠난 두 사람이 성과 없이 돌아왔습니다. 이대로라면 4대 세력 중 한 군데에 몸을 의탁하는 수밖에 없지 않 겠습니까?"

"…그걸 누가 몰라서 하는 소리요? 전하께선 이미 헤이슨 제 국과 친교를 맺기로 하셨소."

"하지만 그렇게 되면 북부 영토 절반에 해당하는 지역을 아 케인에게 내주어야 할 겁니다. 연합국은 그들과 손을 잡고 왕 국을 양분하려 들겠지요."

이미 정해진 수순대로 사태가 걷잡을 수 없이 흘러가고 있지 만, 칼리어스가 할 수 있는 일은 그리 많지가 않았다.

레일슨이 대소 신료들에게 말했다.

"우리가 살아남을 수 있는 유일한 길은 이 전쟁이 일어난 이 유인 패왕의 증표를 최대한 이용하는 것이다. 이에 대한 그대 들의 고견이 궁금하구나."

대소 신료들은 이미 피로츠의 계략이 아케인 왕국에 의해 한 차례 무너졌음을 익히 잘 알고 있었다.

여기서 피로츠보다 더 좋은 책략가는 찾아볼 수가 없음으로 그들은 그저 재상에게 기대어보는 수밖에 없다고 생각했다.

"각하, 뭔가 결단을……."

"…기다려 보시오. 나라고 모든 방책을 머리에 구겨 넣고 다 니는 것은 아니니."

그의 한 마디에 대전에 무거운 정적이 흘렀다.

"……."

그리고 대략 30분쯤 시간이 흘렀을 무렵, 그가 드디어 입을 뗐다.

"전하, 소신에게 단 하나의 방책이 있기는 합니다."

"그게 뭔가? 말해보라, 재상."

"소신이 볼모로 잡혀가는 것입니다."

"……?"

"저들이 원하는 것은 패왕의 증표이자 우리의 풍부한 자원입니다. 그리고 그것을 빌미로 우리 왕국을 전쟁의 교두보로 사용하고자 함이겠지요. 어차피 우리는 저들의 치하에서 벗어날 수 없습니다. 그럴 바엔 차라리 제가 변절자가 되어 영토의 절반을 바치겠습니다. 그리 된다면 제가 볼모로 잡혀 있을지언정 국가가 분열되는 일은 없을 겁니다."

"하지만 어떻게 그런 일이 가능하겠나? 저들이 바보는 아니지 않나?"

"그렇습니다. 저들은 바보가 아니지요. 그렇기 때문에 이 전략이 먹힐 겁니다."

그는 주머니에서 붉은색 루비가 박힌 팔찌를 꺼냈다.

"이건 저희 가문에서 내려오는 팔찌입니다."

"붉은색 루비가 박혀 있군."

"예, 그렇습니다. 그리고 소문에 의하면 별똥별의 색도 붉은색이었다고 하지요."

"서, 설마……."

"소신이 이것을 패왕의 증표라고 속이면 저들은 믿을 수밖에 없을 겁니다. 저들 역시 패왕의 증표를 본 적이 없으니까 말입니다."

"지금 그대는 자신의 목숨을 가지고 도박을 하겠다 말하고 있다. 알고 있나?"

"그 정도 각오는 했습니다. 어차피 저들을 막지 못하면 400만의 백성이 모두 다 죽고 말 겁니다. 그럴 바엔 제 한목숨 바쳐서 도박을 벌이는 편이 낫겠지요."

레일슨은 그의 결정을 쉽사리 지지할 수가 없었다.

그나마 이 왕국이 명맥을 유지하고 있는 것은 순전히 피로츠의 지략과 레일슨의 추진력 덕분이었다.

그런데 레일슨이 피로츠를 잃는다면 나라가 갈피를 잃고 그대로 쓰러지고 말 것이다.

레일슨은 자신의 앞에 고개를 숙이고 선 피로츠에게 조용히 말했다.

"…자네, 그 말을 진심으로 하는 것은 아니겠지?"

"이제 때가 되었습니다. 전하께서 이 나라를 잘 단합시킬 수 있다고 소신은 믿습니다."

어쩌면 피로츠는 처음부터 자신이 목숨을 걸고 도박을 벌여야 한다는 것을 예감하고 있었는지도 모른다.

태연하게 자신의 목숨을 버릴 수 있다고 말하는 그의 눈동자는 아주 미세하게 떨리고 있었다.

그 역시 일말의 공포심이 어깨를 짓누르고 있었지만 국가를 위해 초연히 그 운명을 받아들이기로 한 것이다.

레일슨은 결국 그의 결단을 지지하였다.

"좋아, 그대의 계획을 윤허하도록 하겠노라."

"저, 전하, 그건 자살 행위입니다! 저들이 바보도 아니고 재상의 말을 믿어주겠습니까?"

"재상이니 가능한 일이다. 그러니 경들도 우리의 영웅에게 박수를 보내고 감사하라."

"……"

신료들은 그가 나라의 절반을 가지고 간 후에 벌어질 사태를 걱정하는 것이 아니었다. 나라의 절반이 사라짐과 동시에 그들의 영지와 광산 역시 함께 사라지는 것을 걱정하고 있었다.

하지만 레일슨과 피로츠는 개의치 않고 자신들의 의지를 관철시킬 것이다.

제7장
상아탑

제3수풀 지대로 레이드를 떠난 지 나흘째가 되어간다.

하진와 공격대는 이제 세 번째 동굴을 지나 네 번째 동굴이 보이는 협곡 지대에 닿아 있었다.

상아탑으로 가면 갈수록 몬스터들은 점점 더 늘어나고 있었지만 이제 슬슬 스켈레톤은 자취를 감추고 있었다.

핑핑!

크아아앙!

"라이칸스로프 무리가 전멸했습니다!"

"…뼈다귀가 사라지니 이젠 늑대새끼들이 지랄이군."

절로 욕지거리가 튀어나오는 하진이다.

병사들의 평균 레벨이 라이칸스로프를 해치우는 데 아무런 무리가 없을 정도로 높았지만, 문제는 병사들의 체력이 거의 바닥을 치고 있다는 것이다.

포션과 숙영으로 해결되지 않는 것은 정신적인 피로감과 전투에서 받은 스트레스의 누적이었다.

이것은 체력의 급감과 직결되기 때문에 불과 50마리의 라이칸스로프와 맞닥뜨렸음에도 불구하고 부상자가 발생했다.

하진은 한 무리의 라이칸스로프를 해치우고 난 후 곧장 군사들의 상태를 살폈다.

"부상자가 있나?"

"찰과상 네 명에 골절 두 명입니다. 자상이 두 명이고 어깨에 관통상을 입은 병사가 한 명 있습니다."

"젠장. 체력이 워낙 고갈되다 보니 이렇게 간단한 전투에서도 부상을 다 입는군."

"어쩔 수 없습니다. 레이드에서 부상자가 발생하는 것은 어쩌면 필연적인 일일지도 모릅니다."

부상자들을 야크의 달구지에 싣고 다닌다면 큰 문제는 되지 않겠지만, 이 적은 인원 중에서 전투 인원이 빠져나간다는 것은 참으로 큰 손실이었다.

다만 작은 위안거리가 있다면 이제 곧 다섯 번째 동굴에 도착할 것이라는 사실이다.

하진은 자신이 여분으로 챙겨온 힐링포션을 병사들에게 나누어 주었다.

"남은 포션을 부상자들에게 집중적으로 배분하고 전투를 치르는 병사들에게도 넉넉하게 나누어 주어라."

"하지만 그렇게 포션을 마구 포션을 퍼주게 되면 돌아올 때가 문제입니다만……."

"어차피 우리는 포션의 원산지인 상아탑으로 가는 것이다. 올 때는 상아탑에서 포션을 구매한 후 내가 군정에 경비로 증빙 서류를 제출하겠다. 그러니 큰 걱정은 하지 않도록."

"잘 알겠습니다."

사실 남작 군정에서는 규정에 의한 포션 복용을 넘어선 사냥은 지휘관의 사유재산으로 변제하도록 되어 있었다.

하지만 지금 이 상황은 아주 비정상적이고 예상치 못한 것이기 때문에 한 번쯤 반론을 재기할 수도 있을 것이다.

물론 그 무엇보다도 병사들이 죽어가는 것보다는 자신이 빚을 지는 것이 낫다고 판단했기 때문에 포션을 나누어 준 하진이다.

그는 일단 지금까지 레이드를 통하여 벌어들인 자신의 수익을 계산해 보았다.

"대략 1골드 50실버, 동화 70닢이군. 포션 값으론 조금 모자랄 것 같기도 한데……."

골드를 제외하고 기타 잡다한 재료들이 대거 파밍되긴 했지
만 그다지 돈을 많이 받을 것 같지는 않았다.

다만 하진이 식량을 조달해 주었다는 인연을 무기로 포션 값
을 후려친다면 도매가 이하로 약을 받을 수 있을지도 모른다.

하진은 병사들을 조금 더 독려했다.

"조금만 더 힘내라! 이제 곧 상아탑이다! 우리의 여정이 이곳
에서 끝난다는 소리다!"

"예, 대장님!"

병사들은 상아탑에 있을 편안한 안식처를 상상하며 끊임없
이 발걸음을 옮겼다.

*   *   *

이틀 후, 하진의 공격대가 드디어 상아탑 앞에 도착했다.

병사들은 피로감으로 인해 정신을 차릴 수 없을 지경이었고,
하진 역시 그들과 상태가 별반 다르지 않았다.

그는 퀭한 눈으로 순백색의 상아탑을 바라보았다.

"…이게 바로 그 빌어먹을 상아탑이군."

"포션의 원산이지고 지식의 산물입니다. 이곳까지 무사히 왔
다는 것에 감사해야 할 겁니다."

지금까지 공격대가 거쳐 온 여정에서 지난 이틀이 가장 치열했다.

이곳에서 만난 몬스터가 지금까지 하진이 만난 몬스터보다 더 많을 정도였으니 병사들이 겪은 고충은 이루 말로 표현하기도 힘들 정도였다.

그렇지만 이미 병사들의 평균 레벨이 대략 6~8 정도 올랐으니 성과가 아주 나쁘다곤 할 수 없었다.

하진은 자신의 인벤토리를 열어보았다.

"15골드라……. 정말 지독하게 잡아들인 모양이군. 트로클의 사냥보다 더 많이 벌었잖아?"

성으로 돌아가게 되면 한몫 단단히 잡게 될 것이라고 단언하던 하진의 말이 현실로 이뤄지려는 모양이다.

하진은 굳게 닫혀 있는 상아탑의 문을 두드렸다.

쿵쿵쿵!

"남작 군정입니다! 문을 여십시오!"

상아탑은 총 20층으로 되어 있는데, 한 층의 규모는 그리 크지 않기 때문에 작은 연립주택을 보는 것 같은 착각이 들었다.

정갈한 흰색 벽돌로 쌓아올린 상아탑에선 인기척이 느껴지지 않는다.

"…사람이 없는 것인가?"

"그럴 리가 없습니다. 상아탑은 마법을 가두어두는 곳이기 때문에 사람이 없으면 내부 시설이 돌아가지 않습니다. 그래서 사람이 반드시 상주해야만 하는 곳이지요."

하진은 다시 한 번 현관문을 두드렸다.

쿵쿵쿵!

"문을 여십시오! 남작 군정입니다!"

몇 번을 다시 두드려 보았지만 결과는 같았다.

이제 하진은 굳게 닫힌 상아탑 안에서 별로 좋지 않은 일이 벌어지고 있다고 생각하게 되었다.

"빌어먹을, 이곳까지 왔는데……."

"이젠 어쩌지요?"

하진은 이곳에 진을 치고 직접 공격대를 이끌고 올라가기로 했다.

"내가 올라갔다 오겠다. 이곳에 진을 치고 병사들에게 휴식의 시간을 줄 수 있도록."

"직접 가시는 것은 좀 위험할 것 같습니다만. 차라리 제가 가겠습니다."

"아니, 아무래도 내가 직접 올라가는 것이 좋을 것 같아."

그는 공격대 20명을 데리고 상아탑 문을 열기로 했다.

물론 그의 곁에는 이제 막 동료가 된 네이튼이 서 있었다.

"가지."

"그래."

짧게 대화를 나눈 두 사람은 굳게 닫혀 있는 상아탑의 문을 열었다.

끼이익!

그러자 순백색 상아탑의 내부가 모습을 드러냈다.

투명한 크리스털로 이뤄진 상아탑 내부는 마치 유리 궁전에 온 것 같은 착각이 들게 만들었다.

지금은 해가 비치지 않고 있지만, 만약 햇살이 쏟아진다면 이 유리 궁전이 반짝거려 장관을 연출할 것이 분명했다.

게다가 로비 중앙에는 형형색색의 분수들이 물을 뿜어내고 있어 지나가는 사람의 시선을 강탈하고 있었다.

하진와 공격대는 연신 감탄사를 자아냈다.

"우와!"

"짓는 데 돈이 꽤 많이 들었겠는데?"

"상아탑은 그 존재 자체만으로도 가치가 있지만 그 안의 내용물은 거의 일개 영지를 건축할 수 있을 정도로 대단하지. 이 수정은 전부 마나가 통하는 마정석으로 만든 벽돌이야. 이 한 층만 헐어도 남작령이 한 달은 먹고살 수 있을 거야."

"대단한 사람들이군. 이런 것을 대륙 각지에 지어놓았다니 말이야."

"마법사 중앙회는 포션의 판매 대금과 각종 아티팩트 판매로 엄청난 수익을 거두고 있다. 이 정도 부는 극히 일부분에 불과

하다고들 하지."

어디를 가나 특별한 사람들이 만든 특별한 집단은 그만한
부를 축적하고 있는 모양이다.

하진은 첫 번째 층에 있는 안내데스크로 다가가 인기척을 냈
다.

똑똑똑!

"계십니까!"

원래는 상아탑에 꽤 많은 마법사가 상주하고 있어야 정상이
지만, 지금은 인기척을 찾아보기도 힘들었다.

"아무래도 1층엔 사람이 없는 모양이야."

"하는 수 없지. 계속해서 올라가는 수밖에."

하진은 병사들과 함께 계속해서 상아탑의 위층으로 이동했
다.

*   *   *

상아탑의 2층에 도착한 하진은 알아서 움직이는 빗자루와
종이로 만든 페이퍼맨을 만날 수 있었다.

슥삭, 슥삭.

스스로 움직이는 빗자루들은 건물 이곳저곳을 지나다니면
서 청소를 하고 있었고, 페이퍼맨들은 마법 서적과 각종 주문

서를 정리하고 있었다.

2층은 서고 형태였는데, 곳곳에 화로와 난로가 설치되어 있어서 내부의 습기를 잡고 훈훈한 기운을 유지시키고 있었다.

하지만 지금은 여름이라서 그 열기 때문에 땀이 날 지경이다.

"덥지도 않은가?"

"저놈들은 종이로 만들어졌으니 더운 것을 잘 모르는 모양이지."

하진은 페이퍼맨에게 말을 걸었다.

"이봐요, 사서."

"…2층은 마법사만 들어올 수 있습니다. 나가주시죠."

"1층에 사람이 없으니 올라온 것 아니오?"

"…나가주십시오. 나가지 않으면 법적인 절차대로 공격하겠습니다."

"말이 안 통하는 것 같은데?"

페이퍼맨이 하진을 협박하는 동안, 주변의 빗자루와 그의 동료들이 서서히 공격대 인근으로 몰려들기 시작한다.

슥슥.

"어이, 대장. 아무래도 분위기가 썩 좋지 않은데?"

"…아무래도 그런 것 같군."

"대장님, 일단 1층으로 내려가는 것이 좋겠습니다. 잘못하면 이들과 전투를 벌이게 생겼어요."

"좋아, 일단 아래로 내려가서……."

일행은 서서히 뒷걸음질 치면서 1층 계단 앞에 섰다.

하지만 어느 샌가 그들의 뒤로 페이퍼맨들이 겹겹이 다가오고 있었다.

펄럭!

페이퍼맨은 사람의 형상만 간신히 만들어놓은 종이 인형처럼 생겼는데 얼굴은 이목구비가 없이 밋밋했다.

"종이로 만든 졸라맨 주제에 행동이 재빠른데?"

"대장님, 이젠 어쩌죠?"

"그래봐야 종이인데, 뭐."

"아니, 그렇지 않아."

"……?"

바로 그때, 페이퍼맨의 몸통이 붉게 물들기 시작했다.

"…침입자다! 잡아라!"

페이퍼맨의 경고에 따라 50개가 넘는 빗자루와 100장의 페이퍼맨이 하진와 일행을 향해 달려왔다.

빠지지지직!

"저, 전기?"

"이놈들, 마법을 쓴다."

"왜 그런 말을 해주지 않았던 거야!"

"…그런 말을 할 겨를이 있었어야지."

하진은 공격대와 함께 1층으로 내려가려 했지만, 그곳에서도 이미 수많은 페이퍼맨들이 올라오기 시작했다.

펄럭, 펄럭!

"잡아라!"

"제기랄!"

과연 저 3층에 무엇이 있는지 알 수는 없지만 1층으로 내려갈 수 없음은 확실해 보였다.

"오, 올라가시죠!"

"가자!"

재빨리 3층으로 올라가려던 하진은 위에서도 발자국 소리가 들리는 것을 알 수 있었다.

타다다다다닥!

"허, 허억!"

"위에도 무언가가 있었나?"

바로 그때, 하진의 시선을 잡아끄는 것이 있었다.

"이봐요! 이쪽이에요!"

길게 늘어선 2층의 서고 끝에 있던 한 여자가 하진에게 소리친 것이다.

그녀는 회색 로브에 녹색 고깔모자를 쓰고 있었는데, 손에는 순백색 지팡이를 꼭 쥐고 있었다.

"마, 마법사다! 상아탑의 마법사야!"

"달려! 저쪽으로 가자!"

하진은 그녀가 있는 곳까지 달리면서 자신을 막아서는 페이퍼맨들을 창으로 베어버렸다.

서걱!

하지만 페이퍼맨이 베일 때마다 스파크가 튀어 몸이 찌릿찌릿했다.

빠지직!

"크윽!"

"베지 않는 편이 좋겠어! 그냥 달리자!"

"그래야겠군."

하진의 일행은 페이퍼맨을 이리저리 피해 그녀가 있는 곳까지 간신히 닿았고, 그녀는 자신의 등 뒤에 있는 마법진에 지팡이를 가져다 대었다.

스르르르릉!

그러자 마법진이 빛을 발하면서 일행의 몸이 일순간 하늘을 향해 재빨리 솟구치기 시작했다.

부우우우웅, 파바밧!

"어, 어어어?"

"그래비티 익스플로전입니다. 우리를 상아탑 끝으로 데려다 줄 겁니다."

"마법으로 만든 엘리베이터군."

일행은 그녀가 부린 마법을 타고 상아탑 끝 층까지 무사히
올라갈 수 있었다.

                    *   *   *

상아탑 20층. 이곳은 원래 마법사들의 숙소가 위치해 있었
던 곳이다.

총 55개의 방으로 이뤄진 숙소에는 상아탑의 지부장을 비롯
한 마법사 22명이 거주하고 있었다.

하지만 얼마 전 하이브리드 프로젝트를 진행하면서부터 서
서히 그 인원이 감소하기 시작했다.

마법사 엘린은 하진와 공격대에게 지금까지 자신들이 행해
온 프로젝트에 대해 설명했다.

"하이브리드, 즉 몬스터와 몬스터를 교배해서 자연적인 키메
라를 만드는 실험이 진행되었습니다. 이를테면 오크의 저돌적
인 습성과 아울베어의 온순한 습성을 서로 섞으면 공격성이 중
화된다던지, 오우거의 힘과 트롤의 재생력을 합성시켜 무적의
몬스터를 만드는 방식이지요."

"그래서 그 프로젝트는 성공했습니까?"

"절반은 성공했고 절반은 실패했습니다."

"절반이라?"

"자연 상태의 스토커와 위스프를 교배시키다가 성질의 충돌이 일어났습니다. 그래서 일종의 보이드 현상이 발생한 것이지요."

스토커는 암흑의 잿더미에서 생성되는 일종의 정령인데, 위스프는 그와 반대로 실험에 의해서만 만들어지는 인위적인 정령이다.

두 정령은 명과 암의 성질로만 이뤄져 있기 때문에 상극 중에서도 상극이라 할 수 있었다.

"스토커의 암 성질이 위스프의 플러스 에너지를 만나서 무의 형질로 변해 버렸습니다. 그리고 그것이 모든 것을 집어삼키는 작은 보이드를 만들어낸 것이지요."

"흐음……."

보이드는 아주 작은 아공간이 3차원으로 전송되어 물질계를 빨아들이는 아주 특이한 마법이다.

보통은 암흑 계열 마법사들이 공격마법으로 자주 사용하곤 하지만 이것이 자연적으로 만들어진 예는 없었다.

만약 이것이 자연적으로 만들어졌다면 블랙홀 현상이 일어난 것이거나 웜홀이 열렸을 터이다.

그런데 이 보이드가 생성되면서 암흑 세력권이 넓게 자리하면서 더 많은 몬스터들을 생성하고 끌어들인 것이다.

"다행히도 그 에너지가 가진 세력권이 그리 크지 않아서 제3수풀 지대만 영향을 끼치고 있었던 것이지, 만약 그렇지 않았다면 남작령 전체가 날아가 버렸을지도 모르겠군요."

"그래서 이렇게 많은 스켈레톤이 형성되었던 것이군요."

"네, 맞아요. 어쩌면 북부 늪지대까지 영향권이 형성되었을지도 모르겠군요."

지금까지 영지에서 일어난 이상 현상은 모두 다 이 보이드 현상 때문이었다는 것이 밝혀진 셈이다.

하진은 작금의 사태를 마무리할 수 있는 방안에 대해 물었다.

"이제 슬슬 숲을 원상 복구시켜야 한다고 생각하시지 않습니까?"

"그런 생각이야 간절하죠. 하지만 그게 생각처럼 쉽지가 않습니다."

그녀는 상아탑 전역의 지도가 나온 양피지를 가리키며 말했다.

"이 모든 구역이 지금은 일종의 던전으로 변해 버렸어요. 원래는 마법사들을 도와 잡무를 봐주던 페이퍼맨과 마법 빗자루들이 몬스터화가 되어버렸습니다. 그리고 그 밖의 수많은 물건들이 몬스터로 변했을 겁니다. 지금은 우리가 어찌할 수 있는 수준이 아니라는 소립니다."

"…그럼 어쩝니까? 이대로 상아탑을 방치해야 한다는 겁니까?"

"방치는 있을 수 없는 일이죠."

엘린은 하진이 가지고 온 식량보급증명서의 의미에 대해 설명했다.

"사실 우리 상아탑에는 40명의 사람이 10년은 족히 먹을 정도로 풍족한 식량을 비축하고 있습니다. 부패 방지 마법을 걸어놓은 식량이 창고에 가득히 쌓여 있지요. 식량보급증명서는 우리가 국경 수비대를 움직이게 하기 위해 쓴 고육지책이었습니다. 뭐, 남작 군정이 우리를 도와준다는 보장은 없었지만 접촉이라도 할 수 있다면 승산은 있을 테니까요."

"흐음……"

하진은 이 사태를 마무리할 수 있는 방법에 대해 물었다.

"그 보이드라는 것을 어떻게 없앨 수 있습니까? 방법이 있을까요?"

"보이드는 붉은색 마나 수정구를 통하여 마력을 전달 받고 있습니다. 붉은색 마나 수정구는 굉장한 마력을 가지고 있습니다만, 아주 작은 물리적 충격에도 쉽게 깨어집니다. 보이드가 있는 곳까지 가기만 한다면 없애는 것은 문제가 아니죠."

"그렇단 말이지요?"

그는 가만히 생각에 잠겨 있다가 한 가지 묘안을 발의해 냈다.

"좋습니다. 우리가 던전을 소탕해 드리겠습니다."

"나, 남작 군정에서요?"

"정확히는 남작 군정 제1공격대가 독단으로 벌이는 레이드라고 해두고 싶군요."

"명령 없이 기사님께서 단독으로 작전을 펼치겠다는 말씀이십니까?"

"네, 맞아요. 하지만 이것은 항명이 아닙니다. 어차피 레이드의 책임자는 저이고, 그 일정을 조율하는 것은 전적으로 제 권한이니까요."

"으음······."

하진은 그녀에게 거래를 제안했다.

"대신 우리가 단독으로 이 던전을 청소해 드리면 보상을 해주셔야겠습니다."

"보상이요?"

"병사들에게 상아탑에서 제작한 마법 아티팩트와 마법 무구를 보급해 주십시오."

"무, 무구를요? 상아탑에서 제작한 것은 값이 꽤 나갑니다만······."

"싫다면 어쩔 수 없지요. 우리도 목숨을 걸고 이 사냥을 이어나갈 필요는 없으니까요."

그녀는 곱고 흰 얼굴에 내 천 자의 골을 만들었다.

"으으, 으으으……."

깊게 고민하는 그녀에게 하진이 말했다.

"그렇게 고민이 되신다면 국경 수비대에게 말씀을 해보시던 지요. 저희가 접촉하는 곳까진 안내해 드리겠습니다."

"…만약 거절당하면요?"

"그럴 수도 있겠죠. 하지만 그건 엄연히 말해서 상아탑의 사정입니다. 우리가 나서기엔 일이 좀 복잡하군요."

그녀는 결국 하진의 제안을 받아들일 수밖에 없을 것이다.

보이드 안에 들어간 마법사들이 한 달만 고생하면 100개의 무구를 만드는 일은 그리 어렵지 않은 일이고, 상아탑은 이윤 창출을 위해 여벌의 무구를 제작해서 창고에 쌓아두었기 때문 이다.

사람과 돈, 아무리 이해타산적인 사람도 하진의 제안을 거절 하긴 힘들 것이다.

"무구 한 벌에 얼마나 하는지 알고는 계시죠?"

"대략 3~5골드쯤 하나요?"

"…우리가 제작하는 등급의 무구는 적어도 A급에서 AA급이에요. 벌 당 10골드는 받아야 한다는 소리죠."

"꽤 비싸군요. 하지만 당장 이 던전을 청소할 만한 세력을 구할 수 있을까요? 모든 것은 기회비용이라는 것이 전제되어야 합니다. 그렇게 생각하지 않아요?"

"……."

하진의 제안을 받은 그녀는 머리를 부여잡으며 고뇌했다.

"으으으으……."

"싫으면 어쩔 수 없고요."

"…좋아요! 하겠어요!"

"그래요. 잘 생각하신 겁니다."

그는 전령용 양피지를 꺼내어 남작 군령 제1공격대의 인장 위에 밀랍을 녹여 찍었다. 그리곤 무구를 전원에게 보급한다는 내용의 계약서를 작성했다.

슥슥슥.

하진은 그것을 엘린에게 내밀었다.

"자, 서명하시죠."

"계약서……."

"모든 것은 계약서가 우선입니다. 우리는 남작 군정이지만 당신에게 번외 레이드를 의뢰 받은 겁니다. 그러니 계약서는 필수라고 할 수 있겠지요."

엘린은 하진이 작성한 계약서를 천천히 살펴보았다.

잠시 후, 그녀는 화들짝 놀라 하진에게 물었다.

"자, 잠깐만요! 당신들이 사냥하는 데 필요한 물자를 왜 우리가 조달해 주어야 하나요? 그게 무슨 말도 안 되는 소리에요!"

하진은 공격대에게 필요한 포션과 식량을 전부 상아탑에서 지원해야 한다는 조항을 계약서에 살며시 명시해 두었다.

엘린은 길길이 날뛰었지만 하진은 아주 태평한 얼굴로 말했다.

"지금 우리는 마실 물도 별로 없습니다. 잘못하면 이대로 국경 수비대까지 가서 식량을 조달해야 할 판이죠. 그런데 우리가 쓸 포션이 어디 있겠어요?"

"……"

"뭐, 싫다면 계약서를 찢도록 하겠습니다."

거의 강매 수준의 계약서이지만 그녀는 도저히 도장을 찍지 않을 수가 없었다.

지금 당장 사라진 33명의 마법사들을 구출하지 않으면 언제 숨을 거둘지 알 수가 없었기 때문이다.

엘린은 입술을 짓깨물었다.

"…무슨 기사가 이렇게 악독해요? 공격대가 이래도 되는 건가요?"

"사람이 일을 해주는데 그만한 대가를 요구하는 것은 정당한 행위입니다. 싫으면 그쪽에서 거부하면 그만이고요."

그녀는 하는 수 없이 하진의 조건을 수락하고 말았다.

"계약해요. 됐죠?"

쿵!

상아탑의 인장이 계약서에 정확하게 찍혔고, 하진은 만족스러운 미소를 지었다.

"좋습니다. 후회 없는 선택을 하신 겁니다."

"……."

하진은 그래비티 익스플로전을 타고 다시 지상 1층으로 향했다.

*   *   *

늦은 오후, 하진와 공격대는 상아탑 소탕을 위한 준비로 분주하게 움직이고 있었다.

그는 공격대에게 자신이 상아탑에게 요구한 사안을 계약서 그대로 보여주었고, 병사들은 신이 나서 공격에 가담하기로 했다.

무구 한 벌을 맞추려면 무려 거의 3~4년은 안 먹고 안 입어도 될까 말까 할 지경에 포션까지 그냥 준다는데 마다할 병사들이 없었던 것이다.

병사들은 그동안 피로에 찌들어 있었다는 사실도 까마득하게 잊은 채 소탕작전에 임하기로 했다.

지상 2층으로 돌입하기 전, 하진은 엘린에게 조심해야 할 사안에 대해 전해 들었다.

"상아탑에 있는 모든 물건은 불에 타지 않습니다. 다만 바닥이 수정으로 되어 있어서 화포는 쓸 수 없습니다. 상아탑이 유실되는 것은 상관이 없지만, 잘못하면 우리가 죽을 수도 있어요."

"흠, 그래요. 잘 알겠습니다."

"그리고 페이퍼맨들은 근접전에서 전력 계열 마법을 사용합니다. 사람이 감전사할 수도 있으니 유의하시기 바라요."

이윽고 그녀는 하진에게 상아탑의 지도를 건넨다.

"자, 이것을 따라서 8층까지 올라가면 보이드가 있을 겁니다. 그것을 파괴시켜 주세요."

"잘 알겠습니다."

하진이 그녀에게서 상아탑의 지도를 받아 들자, 그의 인터페이스에 변화가 일어났다.

[던전 지도 보유 상황]
상아탑 제1~19층.
소탕 보너스 : 경험치 3,500, 스킬 포인트 5.
일회용 던전 유효 시점 : 소탕 시까지.

이제 하진의 인터페이스에는 '던전 관리'라는 탭이 생겨났고, 그 안에는 지도의 보유 상황과 소탕 보너스 등의 정보가 들어 있었다.

'오호라, 이제는 각종 던전의 지도를 취득하는 대로 그것을 레이드 할 수 있게 된 모양이군.'

하진은 던전 관리 탭을 얻은 김에 퀘스트 목록도 함께 살펴보았다.

하지만 상아탑의 마법사를 만나라던 퀘스트는 갱신되지 않았다.

그제야 하진은 퀘스트가 말한 마법사라는 사람이 한 사람이 아니고 보이드에 갇힌 여러 명을 뜻한다는 것을 알 수 있었다.

실제 게임과는 조금 다르지만 퀘스트는 하진의 행보를 따라서 갱신되고 있는 것이 틀림없었다.

'신기한 물건이군.'

게임이라는 세계와 현실, 그 사이는 오묘함으로 가득 차 있는 모양이다.

하진은 금번 레이드의 마침표를 찍기로 했다.

"자, 그럼 출발하자!"

"예, 대장님!"

하진의 공격대는 첫 던전 소탕을 위해 발걸음을 뗐다.

*   *   *

완연한 여름, 판테리아의 4대 열강이 중앙대륙으로 모여들었다.

남부에서 배를 타고 북상한 헤이슨 제국은 이미 해안가에 포대를 구성하고 진을 치는 등 본격적으로 전선을 구축했다.

이에 신성제국 롤린스에서는 북부지대 산맥지대를 점령, 무려 120㎞에 달하는 전선을 구축하고 있었다.

롤린스의 성기사단은 무려 40만에 육박하는 대군을 능선에 배치하고 10만의 기병대로 평야지대를 서서히 잠식해 나가는 중이다.

이제 정말 칼리어스가 멸망하거나 분단국가로 남거나 둘 중에 하나가 결정되는 순간이 다가온 것이다.

하지만 칼리어스의 온건파 귀족들은 이 순간에도 쇄국정책을 펼쳐야만 한다고 믿고 있었다.

피로츠 공작에게 이렇다 할 정적은 없었지만, 그렇다고 국왕 외엔 아군도 없었다.

대전에서 피로츠 공작의 계략에 대해 전해 들은 유피란츠 백작은 이제 곧 자신들의 입지가 흔들릴 것이라고 예언했다. 그리고 이 사실을 자신의 측근들에게 퍼뜨렸고, 그를 따르겠다고 모인 귀족들이 속속들이 유피란츠 백작 관저에 모여들었다.

칼리어스는 왕도에 각 귀족의 관저가 지어져 있는데, 백작의 관저는 도심 외곽에서 꽤나 멀리 떨어져 있었다.

사람들은 유피란츠의 청렴함 때문에 일부러 외곽에 집을 지었다고 생각했지만 그 실상은 전혀 달랐다.

그는 도심 외곽에 집을 지어놓고 각종 모의를 벌이고 있었다.

한마디로 자신을 따르는 귀족들의 아지트로 사용하기 위해 관저를 외곽에 지어놓은 셈이다.

유피란츠는 자신을 따르는 15명의 귀족들에게 말했다.

"피로츠 저 작자가 이젠 아예 왕 노릇을 하겠다고 내놓고 선동질을 하고 다니는군."

그가 운을 떼자 여기저기에서 불만이 폭포수처럼 쏟아져 나왔다.

"무서운 인물입니다. 나라를 팔아먹는 것으로도 모자라 그들의 끄나풀이 되겠다니, 그것을 윤허한 전하도 가히 제정신이 아닌 듯합니다."

"매국도 자꾸 하면 습관이 된다고 했던가요? 놈은 이제 안색 한 번 안 변하고 매국질을 하더구려."

"원래 약삭빠른 여우가 아니었소? 그는 원래 그런 사람이오."

이쯤 되니 피로츠가 꼭 나라를 팔아먹은 매국노에 돈에 미친 수전노처럼 보인다.

유피란츠는 자신을 따르는 사람들에게 물었다.

"그럼 작금의 사태를 어떻게 해결하는 것이 좋겠소?"

"어쩌긴, 놈의 목을 치는 것이 옳을 것입니다."

"그렇다면 전하의 왕명은 어떻게 할 것이오? 항명은 죽음이라는 것을 모르시오?"

"…필요하다면 우두머리를 치는 것도 하나의 결단이라 할 수 있지 않겠습니까?"

순간 장내에 정적이 흘렀다.

"왕위를 바꾸자는 소리요?"

"지금 이 나라는 어차피 깨어질 유리조각입니다. 그럴 바엔 적당히 굴복하고 건질 것은 건지는 편이 좋지 않겠습니까?"

"흐음……."

원래 칼리어스는 부유한 나라였고, 대소 신료들은 자신들의 비밀금고에 막대한 비자금을 비축해 놓고 있었다.

만약 그 가산을 절반만 건져도 판테리아 변방에서 지주 노릇쯤은 충분히 하면서 살아갈 수 있을 것이다.

또한 전쟁에는 돈이 드는 법, 마음에 드는 열강에게 붙어 전쟁자금을 조달해 준다면 한몫 단단히 잡을 수도 있을 것이다.

유피란츠는 역린, 왕의 목을 비틀어 버리기로 마음먹었다.

"그대들이 말하는 혁명을 일으키자면 군사들이 필요하오. 그리고 그 군사들로 하여금 국왕파 귀족들을 쓸어버려야 피로츠를 넘어뜨려도 아무런 문제가 없을 것이오."

"병력은 각자 비축해 둔 사병들로 조달하고 각 영지에서 가장 가까운 곳부터 치는 것으로 합시다."

"좋소."

결국 망국의 길로 향하는 그들의 발걸음, 그런 그들의 얼굴에는 오히려 가슴 설레는 미소가 가득했다.

제8장
던전을 소탕하다

어두컴컴한 상아탑의 회전 계단.

저벅저벅.

최대한 발소리를 줄인 하진은 병력을 이끌고 2층으로 올라가는 길목에 닿아 있었다.

그는 고개를 빠끔히 내밀어 잔뜩 흥분했던 적들의 동태를 살폈다.

"…너무 많아졌는데?"

"오히려 잘된 것 아닌가요? 굳이 높이 올라갈 필요도 없고요."

하진은 페이퍼맨이 생긴 것만 저렇게 만만하게 생겼지 의외로 대단한 위력을 가지고 있음을 잘 알고 있었다.

"말 한번 참 쉽게 하시는군요."

"뭐, 그러려고 당신들을 고용한 것이니까요."

"…갑질을 하시겠다는 말씀이시구먼."

하진은 2층 가득히 모여든 페이퍼맨들의 특성에 대해서 물었다.

"저놈들은 무엇에 약합니까?"

"종이로 만들었으니 당연히 불에 약하죠."

"화공으로 승부를 보아야 한다는 소리군요."

"하지만 쉽지는 않을 겁니다. 저 녀석들은 몸에 불이 붙어도 5분은 족히 버틸 수 있거든요."

"흐음……."

페이퍼맨은 종이로 만들어진 인간이기 때문에 약점도 많지만 의외로 상대하기가 까다롭다.

워낙에 몸이 가볍기 때문에 방패로 밀어붙이는 것에도 한계가 있고, 화살에 맞아도 몸이 뚫리기 때문에 오히려 진격에 유리한 점이 있었다.

저들을 상대하는 유일한 방법은 불과 물을 사용하는 것뿐이었다.

바로 그때, 하진은 1층에서 본 분수대를 떠올렸다.

"그러고 보니 1층에 분수대가 있던데, 그것은 무엇으로 만든 겁니까?"

"지하수를 용천시켜서 만들었죠."

"암반을 터뜨려서 분수를 만들었다고요? 그런 시추 기술은 어디서 온 겁니까?"

"상아탑에는 장인 종족인 드워프도 있어요. 그들에게 지하수 용천쯤은 식은 죽 먹기지요."

"흠, 그렇단 말이죠?"

하진은 상아탑의 전체 지도를 펼쳤다.

지하 3층에서부터 용천되어 올라오는 지하수가 1층의 분수를 향해 분출되고 나면 그 물이 다시 순환되어 지하로 내려가는 형식이었다.

이 과정에서 순환 장치가 가동되는데, 이 장치가 7층에도 하나 더 비치되어 있었다.

"이 건물에는 분수가 총 두 개 비치되어 있군요?"

"네, 맞아요. 지하에서 끌어올린 분수는 1층에 물을 공급하고 옥상에 설치되어 있는 빗물받이에서 물을 내려서 7층의 분수를 작동시키죠. 그 물은 다시 지하로 내려 보내서 지하수로 전환시킨대요."

"그러니까 결국엔 옥상의 물이 지하까지 통한다는 소리군요?"

"네, 맞아요."

"그런데 이 안은 불에 아무런 영향을 받지 않는다고 했지요?"

"그렇지요."

"그렇다면 화재에도 끄떡없나요?"

"물론이죠. 만약 상아탑에 불이 나서 자료가 유실된다면 지금쯤 상아탑은 온전히 살아남아 있지도 못할걸요."

"오호라!"

하진은 머릿속으로 계략을 짜 나갔다.

"해리슨!"

"예, 대장님."

"자네는 지금 당장 병력을 이끌고 국경 지대로 향하게. 그곳에서 최대한 많은 양의 석유를 구해 오는 거야."

"석유를요?"

"그래, 최대한 많이 구해 와야 해."

연신 고개를 갸웃거리는 해리슨이었지만 그는 이해할 수 없는 하진의 명령에 따라 원정대를 꾸렸다.

이제 하진은 남은 병력을 데리고 상아탑 밖으로 철수를 시작했다.

"모두 철수하라!"

"이, 이봐요! 약속이 다르잖아요! 어째서 병력을 뒤로 물리는 것인데요!"

"다 생각이 있습니다. 그러니 걱정하지 마십시오."

"…알겠어요. 한번 잘해보세요."

하진은 상아탑 밖에 병사들의 막사를 치고 주둔지를 편성했다.

＊　　　　＊　　　　＊

제3수풀 지대는 현재 어둠이 짙게 깔려 있지만 본래 울창하던 숲의 모습은 여전히 잃지 않고 있었다.

하진은 병사들을 데리고 다니면서 상아탑 인근에 있는 나무를 벌목하고 그중에서 죽은 나무는 골라 땔감으로 만들었다.

뚝딱, 뚝딱!

벌목한 나무들은 새끼줄을 이용하여 선반의 형태로 묶고 사면의 지지대에 다시 새끼줄을 내려 말뚝을 박았다.

이렇게 고정시킨 선반은 3층과 4층의 창문에 직접 닿을 수 있도록 설계되었다.

꽤나 거대한 조형물이긴 해도 150명이 넘는 인원이 동원되니 그것도 금방 완성되었다.

하진은 선반 주변을 돌아다니면서 어디 한 군데라도 허술한 곳이 있는지 점검했다.

퍽퍽!

공사용 망치로 지지대를 두드려 본 하진은 만족스러운 표정을 지었다.

"으음, 좋아! 이 정도면 충분하겠어."

"…도대체 무슨 일을 벌이려고 이런 황당한 짓을 하는 건데요?"

"잠자코 보고 있기나 하십시오. 나에게 고마워하게 될 겁니다."

잠시 후, 약 3일 동안 본진을 떠나 있던 해리슨이 나무 드럼통 가득 석유를 가지고 돌아왔다.

"대장님, 임무를 완수했습니다."

"그래, 수고 많았어."

해리슨이 가지고 온 석유는 총 여덟 드럼으로, 가격으로 따지면 그리 큰 금액은 아니었다.

하진은 드럼통을 열어 기름의 질이 어떤지 가늠해 보았다.

기름을 한 바가지 퍼서 불을 붙여보니 일반적인 등유보다는 못하지만 그럭저럭 불이 잘 붙는 것 같았다.

"기름의 품질이 좋군."

"서부에서 온 기름은 불이 잘 붙기로 유명하지요."

"그래, 이 정도면 충분해."

원유는 등유보다 발화점이 높아서 불을 붙이기 힘들다는 단

점이 있지만 품질만 좋다면 불화살로도 충분히 불을 붙일 수 있을 것이다.

하진은 이제 병사들에게 대대적인 화공에 대해 설명했다.

"내가 옥상으로 올라가 석유를 상아탑 전역으로 흘려보낼 것이니 제군들은 땔감에 불을 붙여 창문 틈으로 집어 던져 불을 일으켜라. 그리고 기름이 본격적으로 3층까지 내려오면 인정사정 보지 말고 불화살을 갈겨 버려."

"서, 설마 상아탑에 불을 지르시려는 겁니까!"

"상아탑은 불길에도 끄떡없다고 하지 않았습니까?"

"그, 그건 그렇지만……."

"33명의 마법사가 깨어나면 그 뒷수습은 알아서 해주시겠지요."

그녀는 고개를 가로저었다.

"…잘못하면 내 모가지가 날아간다고요! 알긴 알아요?"

"시간을 더 끌면 저 안에 있는 사람들의 목숨이 날아가겠지요."

"……."

"자, 결정하십시오. 어떻게 할 겁니까?"

"가요."

하진은 엘린에게 그래비티 익스텐션을 사용할 수 있도록 부탁했다.

"나와 함께 옥상으로 갑시다. 그 정도는 해주실 수 있죠?"

"…알겠어요."

썩 마뜩찮은 표정의 그녀이지만 지금으로서는 이것이 최선이었다.

야크 달구지에 가득 실은 석유가 마법 엘리베이터를 타고 상아탑 옥상으로 향했다.

우우우우우웅, 철컹!

하진은 40명의 부하와 함께 빗물받이 안을 깔끔하게 청소하여 불순물이 생기지 않도록 했다.

슥삭, 슥삭!

마지막으로 빗물받이에 기름을 넣고 불을 붙여본 하진은 성능 실험과 함께 불순물까지 한꺼번에 태웠다.

화르르르륵!

"오오, 잘 붙습니다!"

"좋아, 이 정도면 아주 제대로 불바다가 되겠는데?"

"…별다른 사고는 일어나지 않겠죠?"

"상아탑이 튼튼하다면 별일은 일어나지 않을 겁니다. 불에 타는 것은 우리를 공격하는 변종 몬스터뿐. 그렇다면 폭발이 일어나거나 불이 밖으로 번지는 일은 없겠지요."

"그래요."

이제 하진은 지상에 있는 부하들에게 준비할 것을 명령했다.

"공격조, 준비!"

"불화살을 준비하라!"

여기저기서 부싯돌을 갈아서 불을 붙이고 화공을 준비하는 소리가 들린다.

하진은 드디어 상아탑을 초토화시킬 때가 되었다고 생각했다.

"기름을 붓자!"

"예!"

검은색 석유가 빗물받이를 타고 순식간에 아래로 내려가기 시작했다.

꿀렁, 꿀렁!

빠른 속도로 내려가는 석유를 따라서 4층에서 대기하고 있던 해리슨이 빗물 배관을 저격했다.

쫘드드드득!

"후우!"

남작 군정 최고의 궁수인 그가 쏜 화살은 시위를 떠나 정확하게 배관에 맞았다.

픽!

그러자 사방으로 기름이 미친 듯이 흘러넘치기 시작했다.

촤르르르르륵!

하진은 아래의 배관에 구멍이 뚫렸다는 보고를 받았다.

"대장님, 해리슨 병사장이 저격에 성공했답니다!"

"좋아, 이대로 계속 기름을 들이붓고 압력을 가하자!"

여덟 통의 기름을 한꺼번에 들이부운 하진은 빗물 받이 주변에 몬스터 가죽을 이어 만든 장막을 씌웠다. 그리고 그것을 꼼꼼하게 새끼줄로 동여매 공기가 차단되도록 했다.

"셋에 누르는 것이다!"

"예!"

"하나, 둘, 셋!"

하진와 부하들은 한껏 부풀어 오른 가죽의 뚜껑을 힘껏 눌렀고, 그 압력으로 인해 기름이 3층과 4층에서 폭탄처럼 쏟아져 내렸다.

꿀렁, 콰앙!

쏴아아아아아아!

순식간에 기름 범벅이 된 상아탑에 공격대의 화공이 쏟아져 내렸다.

"쏴라!"

핑핑핑핑!

화르륵!

공격대의 화공으로 인해 상아탑은 엄청난 열기에 휩싸이게 되었고, 병사들은 재빨리 시설물에서 내려와 상아탑과 멀찌감치 떨어졌다.

하진은 쾌재를 외쳤다.

"됐다! 성공했어!"

"와아아아아!"

"이제 3층에서 번진 불이 20층까지 곧바로 올라와서 그나마 남은 녀석들을 쓸어버릴 것이다."

4층에서 저격하여 불을 낸 해리슨은 밧줄을 타고 올라오면서 차례대로 배관에 구멍을 냈기 때문에 남은 층들은 알아서 불이 붙어줄 것이다.

아마 그렇게 된다면 기름이 연소될 즈음에는 상아탑에 위협이 될 만한 물건은 전혀 남아 있지 않게 될 터였다.

하진은 그녀에게 임무 완수를 알렸다.

"자, 이 정도면 충분히 소탕한 것 같은데요?"

"……."

"기쁘지 않습니까? 다시 당신들의 마법사를 찾을 수 있게 되었습니다."

"…그래도 지식의 요람에 불을 지른 것은 엄청난 불경이에요. 잘못하면 제가 마법사 협회에서 쫓겨날 수도 있겠지요."

"그래도 최소한 사람은 살릴 수 있지 않겠습니까?"

"그런 목적도 없었다면 저는 이 황당한 작전에 동의하지 않았을 겁니다."

"어찌 되었건 좋게 생각하시죠. 어차피 엎질러진 물입니다."

"그래요."

하진은 활활 타오르는 상아탑을 뒤로하고 마법 엘리베이터를 타고 지상으로 향했다.

*   *   *

며칠 후, 하진의 공격대는 약속대로 마법 무구와 힐링포션을 지급 받았다.

이로써 기존의 레이드와는 비교조차 할 수 없을 정도의 수익률을 달성하게 되었다.

하지만 이들에게 아주 작은 문제가 하나 발생했다.

상아탑을 구한 장본인이 되긴 했지만 지식의 요람을 불태웠다는 이유로 엘린이 탑에서 쫓겨나게 된 것이다.

그러나 마법사 협회 아나스타스 지부장 말라키는 하진에게 포상금으로 200골드를 추가로 지급해 주었다.

그는 하진에게 진심으로 감사의 인사를 건넸다.

"정말 고맙습니다. 잘못하면 우리 모두 꼼짝없이 죽을 뻔했습니다."

"별말씀을요."

말라키는 죽을상을 하고 서 있는 엘린에게 말했다.

"자네 역시 최선을 다했다는 사실은 잘 알고 있네. 하지만 규율은 규율일세. 나로서도 상부의 지시를 어길 수 없으니 어쩌겠나?"

"……"

하진은 마법사 협회에서 그녀에 대한 처분을 경감시켜 근신이나 벌금형 같은 다소 가벼운 처벌을 내릴 것이라고 생각했다.

하지만 마법사들은 생각보다 더 고지식해서 모두의 예상을 뒤엎고 말았다.

말라키는 그녀에게 검은색 지팡이를 건넸다.

"이것을 가지고 가게."

"…이것은 지부장님의 물건이 아닙니까? 이 귀한 것을 어찌 저 같은 이단자에게 주시는 겁니까?"

"협회의 입장에선 이단자이지만 우리에겐 은인이 아닌가? 이렇게라도 은혜를 갚고 싶다는 내 마음을 알아주었으면 좋겠어."

"아무튼 고맙습니다."

그녀가 길을 떠난다는 소식에 아공간에 갇혀 있던 마법사 중 한 명이 다짜고짜 손을 들었다.

"잠깐, 할 말이 있습니다."

"무슨 일인가?"

"엘린 자매께서 우리를 구해주셨는데 어찌 그녀 혼자서 이 모든 짐을 다 짊어져야 한단 말입니까? 이건 명백히 부조리입니다."

"그렇다면……."

"상아탑의 경비책임자인 제가 사태를 간과한 잘못이 있으니 저도 함께 내쫓는 것이 맞다고 봅니다."

스피트 매지션 가버는 상아탑의 경비를 책임지는 경비대장을 역임하고 있었는데, 머스킷 형태의 소형 마공포를 사용하여 적을 제압하는 명사수다.

마공포에 들어가는 탄알을 제조하거나 그 안에 마력을 불어넣어 공격을 펼치는 스피트 매지션은 대륙에도 몇 안 되는 중요한 재원이다.

한때 서부대륙에서 황야의 무법자로 살아온 가버이지만 이제는 마음을 잡고 마력탄에 숨결을 불어넣는 마공포 장인으로 거듭나 있었다.

그는 자신의 잘못이 명백한데 그녀 혼자 길을 떠난다는 것이 못내 마음에 걸리는 모양이었다.

"엘린 자매, 괜찮다는 내가 당신의 길을 보호해 드리겠소."

"…저는 괜찮습니다. 괜히 연대책임을 져서 마음이 불편해지는 것은 원치 않아요."

"연대책임이라니, 아니오. 나는 그저 남자로서 책임을 다하지 못한 것을 후회하는 것뿐이오. 만약 그대가 나를 받아주지 않는다면 다시 부랑자가 되는 수밖에 없소."

"……"

하진은 두 사람에게 합리적인 방안에 대해 설명했다.

"따지고 보면 상아탑에 불을 낸 사람은 저입니다. 두 분을 우리 배력으로 모셔서 공격대에 편성시키는 것이 어떨까 합니다. 물론 군대의 계급과 관습에는 억매이지 않는 군사고문으로 말이지요."

"군사고문이라……. 나쁘지 않는 자리인 것 같구려."

"…내 인생을 망친 사람과 함께 일을 하라고요? 정신이 나가지 않고서야 어떻게 그런 제안을 할 수 있는지 모르겠네요."

"인생을 망친 것이라곤 생각하지 마십시오. 이 또한 새로운 출발이 될 수 있는 것 아닙니까?"

"……"

가버는 엘린의 결정에 따르겠노라 못을 박았다.

"나는 엘린 자매를 따르겠소. 그대가 가는 곳이라면 어디든 따라가리다."

"거참……."

"같이 가시죠. 강요하지는 않겠습니다만, 이곳저곳 떠돌아다니는 것보다는 저와 함께 몬스터를 사냥하면서 연구를 계속하시지요. 최대한 지원해 드리겠습니다."

엘린은 가만히 생각에 잠겨 있다가 이내 하진을 따르기로 했다.

"…당신이 앞으로 내 생활을 책임져요. 할 수 있죠?"

"제가 할 수 있는 한에선 무조건 책임지겠습니다."

"그래요. 갑시다. 참, 인생 제대로 꼬여 버렸네."

청순한 미모에 부드러운 목소리의 그녀가 이제는 점점 비뚤어지는 것 같았다. 아무래도 그녀는 하진 때문에 자신의 신세가 망가졌다고 생각하는 모양이다.

하지만 일이야 어찌 되었건 간에 하진은 뛰어난 동료 두 명을 영입하게 된 셈이다.

＊　　　＊　　　＊

늦은 밤, 억수처럼 비가 내리고 있다.

쏴아아아아아!

피로츠 후작의 영지 칼리스타나로 1,600명의 병사들이 몰려오고 있다.

척척척척!

현재 칼리스타나의 영지군은 왕가의 중앙군 편성을 위하여 1/3만 남기고 모두 수도에 머물고 있었다.

지금 칼리스타나의 병력은 아무리 많아봐야 300명도 채 되지 않을 것이다.

만약 이 1,600명의 병사들이 칼리스타나를 공습하게 된다면 불과 하루도 지나지 않아 성이 함락되고 말 것이다.

칼리스타나 영지군은 까맣게 몰려든 병사들을 바라보며 소집 이유에 대해 몇 번이고 고찰할 수밖에 없었다.

"…이상하군. 저 깃발은 유피란츠 백작가의 깃발이 아닌가?"

"그러게 말일세. 저들이 갑자기 이곳으로 왜 몰려온 것이지?"

영지의 수비군은 배력을 통하여 오늘 이곳으로 군사들이 지나갈 것이라는 소식을 들었는지 수소문했다. 하지만 그 어떤 누구도 그런 소식은 접한 적이 없다고 답했다.

아무리 한 나라의 신하라고 해도 같은 영지를 침범한 군사 행위는 적대적 행위로 간주된다.

"이보시오, 유피란츠 백작령에서 온 사람들이라면 마땅히 그 근거가 있을 것이오! 방문 목적에 대해 말하시오! 그렇지 않으면 적대 행위로 간주하겠소!"

성문 앞을 에워싼 유피란츠 백작군의 병력은 아무런 대답도 없이 공성 장비를 조립하고 궁수들이 사격선에 자리를 잡고 섰다.

순간, 수비군 진영은 이것이 영지전의 시작이라는 것을 깨닫게 되었다.

"이런 빌어먹을! 공습이다! 유피란츠 백작군이 쳐들어왔다!"

땡땡땡!

병사들은 망루에서부터 시작된 비상 선언으로 배력으로 집결하기 시작했지만, 이미 때는 늦은 후였다.

슈웅!

하늘을 수놓은 별 대신 거대한 암석 덩어리와 함께 유황불을 머금은 돌덩어리가 비를 타고 쏟아져 내린다.

쾅쾅쾅!

"크허억!"

"빌어먹을! 도대체 저 많은 병력이 언제 쳐들어온 것이지? 주변 영지에선 도대체 뭘 한 것이고!"

투석기 15대가 쉬지 않고 성벽을 두드리는 바람에 방어 진영은 갖추기가 힘들어졌고, 그 틈을 타 공성망치가 성문 앞으로 달려왔다.

"와아아아아아!"

"뚫어라!"

쿵쿵쿵, 쾅!

유피란츠 백작군은 아예 처음부터 작정하고 성벽을 넘기 위해 달려온 사람들 같았다.

적이 무엇을 하든 간에 전혀 상관도 하지 않고 자신들이 할 일만 해결하고 있었던 것이다.

급기야 공성 장비 조립 한 시간 만에 성문이 반파되는 지경에 이르게 되었다.

빠직!

"제기랄! 성문이 뚫리게 생겼다! 배럭 내의 병사들은 전부 다 성문으로 달려들어 육탄으로 방어한다!"

"하지만 그렇게 되면 성벽이 위험합니다!"

"…진퇴양난이군."

성문이 거의 다 뚫릴 즈음엔 유피란츠 백작군이 성벽을 거의 다 넘어오고 있었다.

이 정도 파상 공세라면 오늘 내로 성이 함락될 것으로 보였다.

칼리스타나 후작군 수비대장 멜린트는 오늘 자신의 목이 달아날 것임을 직감했다.

'주군, 저희들은 이렇게 가나 봅니다. 부디 만수무강하십시오!'

그는 죽을 각오로 전투에 임했다.

*   *   *

칼리어스의 귀족 15명은 첫 공격으로 국왕파 귀족 5명의 영지를 모두 공습하여 대승을 거두었다.

그로 인하여 전 왕국의 모든 영지가 귀족들의 수중에 떨어지게 되었다.

우르릉, 쾅!

천둥과 번개가 몰아치는 수도의 광장에 족쇄를 찬 피로츠가 죄인의 모습으로 나타났다.

유피란츠 백작은 재상 피로츠가 반역을 꾀하였고, 그로 인하여 영지를 몰수하고 법을 집행한다고 선언했다.

"왕국의 지엄한 법도에 따라서 죄인을 사형에 처한다! 또한 그의 일족은 전부 노예로 전락시켜 죽을 때까지 죄를 갚도록 하라!"

"…이런 빌어먹을 자식들! 이게 정녕 왕국을 위한 길이라고 생각하느냐!"

"네 생각 따윈 필요 없다. 우리는 오로지 나라를 위해서만 일할 뿐이다."

"……"

피로츠는 어리둥절한 눈으로 자신을 바라보고 있는 백성들을 가만히 내려다보았다.

그들은 지금 피로츠가 어떤 죄를 저질렀는지 알 수도 없었고, 그가 정말 오늘 죽는지도 잘 모르는 것 같았다.

다만 피로츠라는 국가적 영웅이 광장에 나타났다는 것만으로 관심을 불러일으킨 것 같았다.

'이를 어쩌면 좋단 말인가? 정말로 나라가 망하게 생겼구나!'

만약 지금 이런 시기에 민심이 노하여 봉기라도 일으킨다면 모를까, 백성들은 유피란츠 일당이 일으킨 반정에 별다른 반응을 보이지 않고 있었다.

아니, 그들은 아예 이들이 반정을 꾀하였다는 것조차 제대로 인지하지 못한 것 같았다.

아무래도 피로츠의 영지가 함락당할 즈음 미연에 소문을 차단시켜서 반정에 대한 정보가 새어 나가지 못하도록 한 것인지도 모른다.

일이야 어찌 되었건 간에 지금 칼리어스의 귀족들은 피로츠를 죽이고 왕가를 뒤엎어 나라를 팔아먹을 것이 분명했다.

그는 황망한 눈으로 하늘을 바라보았다.

'하늘도 무심하시지.'

이윽고 그의 심장으로 두꺼운 기병창이 날아들었다.

부웅, 퍼억!

"쿨럭!"

단 일격에 즉사해 버린 피로츠의 주검 앞에 선 귀족들이 조소를 지었다.

"후후, 반역자가 처단되니 속이 다 시원하군!"

"자, 그럼 왕궁에서 간단하게 술이나 한잔합시다."

"그러시지요!"

바야흐로 칼리어스에 암흑기가 도래하고 있었다.

*　　　　*　　　　*

피로츠가 처형될 때쯤, 레일슨은 가솔들을 전부 동부대륙 섬나라 에멘트 공국으로 보냈다.

에멘트 공국은 레일슨의 처가가 공왕 가문으로서 그 세력을 유지하고 있었다.

풍부한 수상 자원과 곡창지대를 겸비한 에멘트 공국은 동부 대륙의 끝에서 배를 타고 장장 열흘을 항해한 후 돌무더기로 된 해안가를 나흘이나 걸어가야 만날 수 있는 천혜의 요새였 다.

돌무더기 해안가는 짐마차 두 대가 간신히 지나갈 정도로 좁으며, 해안가 끝에는 거대한 천연 장벽이 병풍처럼 늘어서 있 다.

장벽의 병풍 중간에는 높이 100미터에 달하는 거대한 성벽 이 버티고 있어 지상군이 통과할 엄두조차 내지 못한다.

더군다나 에멘트 공국의 북쪽은 미지의 바다라 불리는 펠리 오 해협이 위치해 있기 때문에 해상 공격은 불가능했다.

이곳이 얼마나 대단한 철옹성인가 하면 지금까지 에멘트 공 국은 외세의 침략으로부터 80회가 넘는 공성전을 펼쳤음에도 불구하고 사상자는 고작 500명에 그칠 정도였다.

한마디로 에멘트 공국은 이 세상 어느 곳보다 훨씬 더 안전 하고 풍요로운 나라라는 소리다.

레일슨은 왕가의 가솔들과 시종들을 전부 에멘트 공국으로 피신시켜 놓고 홀로 왕궁에 남았다.

근위대장 와이너스는 텅텅 빈 대전에 홀로 서서 거대한 출입구 석문을 바라보고 있었다.

레일슨이 그런 그에게 말했다.

"그대는 어찌하여 가솔들과 함께 왕도를 떠나지 않은 것인가? 이곳에 있다는 것 자체만으로 목이 달아날 수 있다는 것을 모르는가?"

"예, 전하."

"그런데도 내 곁에 남겠다는 것인가?"

"…소장, 태어나 지금까지 세 분의 왕을 모셨습니다. 수많은 전쟁을 치렀고 끝도 없이 피를 흘렸지요. 그런 소장에게 목숨은 그저 있으나마나 한 것입니다."

"그렇지만 그대와 같은 무장이 죽는 것은 판테리아에서 가장 안타까운 일이 될 것이다."

"전하와 같은 성군이 승하하시는 것 또한 판테리아에서 가장 안타까운 일이 될 것입니다."

"그 사람 참……."

두 사람은 말없이 미소를 지었다.

그리고 잠시 후, 굳게 닫혀 있던 대전의 석문이 열렸다.

끼이이익, 쿠웅!

녹색 갑주를 입은 병사들이 피 묻은 창을 앞세우며 대전을 점거하기 시작했다.

와이너스는 그런 반란군의 병사들을 바라보며 검을 곧게 세웠다.

스르르릉!

"오너라. 어차피 역적과 말을 섞는 것은 불경스러운 일, 차라리 단칼에 베고 나 역시 비명에 가겠노라."

"흥! 노인네가 입만 살았군. 여봐라, 저놈을 쳐 죽여라!"

"와아아아아!"

500명이 넘는 병사들이 와이너스에게 한꺼번에 창을 찔러 넣었지만, 그는 오른손의 완력으로 그 엄청난 파상공세를 밀쳐 냈다.

까앙!

와이너스는 원형을 그린 보병들의 랜스를 검으로 누르고 그것을 발로 지그시 지르밟았다. 그리고 그 앞의 병사들의 목을 단칼에 그어버렸다.

좌라라라락!

"허, 허억!"

"이런 괴물 같은 노인네를 보았나! 역시 이빨이 빠져도 호랑이는 호랑이라는 것인가!"

"…이 늙은 호랑이에게 갈가리 찢겨 죽을 놈들은 어서 빨리 덤비거라!"

와이너스의 나이는 무려 일흔, 보통은 벌써 늙어 장례를 치렀어도 이상할 것 없는 나이이다. 하지만 그는 백절불굴의 의지와 일당백의 검술로 적들을 처참하게 처죽이고 있었다.

그의 전설적인 무예를 익히 잘 알고 있는 병사들의 사기는 순식간에 저하되고 말았다.

"괴물은 괴물이다! 전설은 죽지 않아!"

"천하의 와이너스에게 덤빌 생각을 하다니, 우리도 미쳤군!"

기사는 슬금슬금 물러서는 병사들의 허벅지를 칼로 마구 쑤셨다.

푸욱, 푸욱, 푸욱!

"으윽! 포, 포위대장님!"

"이런 계집애만도 못한 자식들 같으니! 저 노인네 하나 처치하지 못해 후퇴한단 말인가! 다시 한 번만 더 뒤로 물러섰다간 목을 칠 것이다!"

"……"

순간 대전에 짧은 정적이 흘렀다.

와이너스는 병사들을 독선적으로 다루는 기사에게 몸을 날려 달려들었다.

"흐헙!"

"어, 어어……?"

퍼억!

그의 투구가 반대로 돌아갔고, 기사는 저만치 날려가 떨어져 버렸다.

와이너스는 바닥에 누운 그에게 품속의 단도를 꺼내어 직선으로 집어 던졌다.

피융!

그러자 단도가 그의 가랑이 사이로 정확하게 떨어져 박혔다.

푸욱!

"허, 허어⋯⋯!"

"⋯너 같은 졸장을 믿고 싸우는 병사들이 불쌍하구나. 장수란 무릇 자신을 믿고 따르는 병사들을 위해 목숨을 바칠 줄 알아야 하는 법이다. 말단 병졸보다 못한 기사 같으니, 네놈과 같은 썩은 근성의 기사들을 정신 개조시키지 못하고 죽는 것이 천추의 한이구나."

"이, 이런 미친 노인네가⋯⋯!"

병사들은 살아 있는 전설 와이너스의 건재함을 보고는 두려움에 떨며 병장기를 떨어뜨렸다.

쨍그랑!

그리고 와이너스는 유유자적하게 걸어가 바닥에 누운 기사의 목을 쳐냈다.

퍼억!

"끄웨에에엑……."

"대세는 거스를 수 없는 법이다. 하지만 그대들 또한 처자식이 있을 터, 사서 죽음을 자처하지는 말라."

와이너스가 짧게 병사들을 훈계할 때 대전의 뒷문으로 두 명의 시녀와 함께 왕녀 세실리아가 달려왔다.

"아바마마!"

"세, 세실리아!"

"아바마마! 소녀가 배를 구했습니다! 어서 함께 가시지요!"

"먼저 외가로 떠나라고 말하지 않았더냐! 어찌하여……."

"부친을 버리고 떠나는 패륜을 저지르고도 얼굴을 빳빳이 쳐들고 다닐 수 있는 사람이 어디에 있겠습니까!"

레일슨은 와이너스에게 마지막 명령을 내렸다.

"와이너스, 마지막 어명이다. 공주를 데리고 에멘트 공국으로 향하라."

그는 자신의 반지를 빼어 와이너스에게 건넸다.

"왕가의 징표 옥새다. 이것을 끝까지 지켜다오. 이 못난 왕의 마지막 부탁이니라."

"…소장 와이너스, 왕명을 받듭니다!"

와이너스는 세실리아의 뒷목을 검의 손잡이로 쳐서 기절시켰다.

픽!

힘없이 축 늘어진 그녀를 들쳐 멘 와이너스가 병사들에게 말했다.

"그대들을 더 이상 죽이고 싶지 않다. 길을 터라."

"…길을 트자."

병사들은 그에게 순순히 길을 터주었고, 와이너스는 끝으로 왕에게 고개를 숙였다.

"영광이었습니다!"

"나 역시."

와이너스와 뜨거운 인사를 나눈 레일슨은 살며시 눈을 감았다. 이제 그는 자신에게 종말이 다가왔음을 직감했다.

'마지막이로구나.'

이로써 칼리어스 왕국의 마지막 왕이 서거하였다.

*　　　*　　　*

제3수풀 지대에서 다시 영지로 돌아가는 길. 병사들은 AA등급 무구의 효과를 톡톡히 보고 있었다.

그녀가 지급해 준 무구는 총 세 종류였다.

우선 전방의 보병들에게는 데미지 흡수 효과와 HP의 리젠 효과를 주는 방패와 스킬 포인트 전체를 올려주는 장신구들이 보급되었다.

사각 방패와 함께 사용할 수 있는 롱 스피어에는 랜덤으로 속성마법이 부여되어 있어 적을 조금 더 효과적으로 처치할 수 있었다.

그리고 궁수들에게는 화살이 없어도 화살이 발사되는 매직 에로우 마법이 걸린 활과 추격탄 마법이 부여된 팔찌, 민첩성을 극대화시켜 주는 경갑이 배급되었다.

마지막으론 상황에 따라서 마공탄에 5대 속성을 부여시킬 수 있는 화포가 지급되었다.

추가적으로는 야크의 심장에 마나의 수정구를 연결시켜 근력을 네 배 이상 향상시키는 흉갑을 선물로 받았다.

이제 하진의 공격대의 전투력은 대략 두 배에서 세 배 정도 상승했다고 볼 수 있었다.

병사들은 이번 레이드가 그야말로 대박이라며 흥분을 감추지 못했다.

"대장님, 상아탑을 정리하신 것은 정말 잘하신 겁니다. 만약 중간에 영지로 돌아갔다면 지금과 같은 횡제는 꿈도 꾸지 못했을 것입니다."

"공격대의 단합이 잘되어 있기 때문에 가능한 일이었다."

해리슨은 하진에게 자신의 궁수용 대거를 건넸다.

"받아주십시오. 앞으론 진짜 대장으로 모시겠습니다."

"나의 직속 부하가 되겠다는 뜻인가?"

"예, 그렇습니다."

제1공격대에 배속된 병사장들은 대부분 임시로 임무를 편달받았기 때문에 레이드가 끝나면 앞으론 쉽사리 만나지 못하게 될 것이다.

하지만 병사장 본인이 스스로 하진의 휘하로 들어가겠다고 자처한다면 온전히 그의 사람이 된다.

하진은 해리슨을 진짜 자신의 부관으로 받아들이기로 했다.

"좋아, 앞으로 한 식구끼리 잘 지내보자고."

"감사합니다. 최선을 다하겠습니다."

이제 하진의 동료창에는 총 네 명의 사람이 자리하게 되었다.

'마법사와 검술가, 궁수, 스피트 매지션의 조합이라…… 꽤 괜찮은 조합이군.'

전방 탱커로 최적화가 되어 있는 하진에게 이런 조합은 가히 최상의 조건이라고 할 만했다.

이제 서서히 하진만의 공격대가 형성되고 있는 듯했다.

행군 일주일째, 드디어 영지의 깃발이 멀리서 보이기 시작했다.

"대장님, 영지에 거의 다 도착한 것 같습니다!"

"조금만 더 힘을 내라! 이제 곧 집에서 푹 쉴 수 있을 것이다!"

한몫 단단히 잡은 공격대는 두둑한 주머니를 가지고 집으로 돌아갈 생각에 잔뜩 들떠 있는 모습이다.

대열 중간중간에 잡담이 자꾸 들리긴 했지만 하진은 굳이 그들을 제어하려 하지 않았다.

한 달 만에 집으로 돌아갈 생각에 어깨가 절로 들썩이지 않는 사람이 있다면 그는 아마도 감정이 없는 사람일 것이다.

하진은 자신을 따라온 엘린과 가버에게 술자리를 제안했다.

"오늘 레이드가 끝나고 나면 맥주 한잔 어떠십니까?"

"좋아요. 뭐, 이제는 상아탑의 규율을 따를 필요도 없으니 술에 흠뻑 취하는 것도 나쁘지는 않겠군요."

처음엔 조금 비뚤어진 것 같은 모습을 보이던 엘린도 이제는 슬슬 기분이 풀리는 것 같았다.

가버는 원래 술을 좋아하는 성격인지 하진의 술자리 제안에 아주 흡족해하는 눈치였다.

"술이라……. 상아탑을 나와서 가장 먼저 느끼는 즐거움이란 바로 한 잔의 풍류군. 아주 좋소."

"대장님, 저를 빼놓고 가시는 것은 아니겠지요?"

"술자리에 이 용병이 빠지면 섭하지!"

해리슨과 네이튼까지 가세하고 나면 술자리가 아주 거창해 질 것이다.

하진은 오랜만에 전대를 풀기로 했다.

"좋아, 이번 레이드에서 사냥으로 벌어들인 돈도 꽤 있고 하니 다 같이 한잔 마시자고."

"먼저 뻗는 사람이 술값을 내는 겁니다. 다들 명심하세요."

"흠, 그렇다면 나는 해당 사항이 없겠군."

"글쎄요. 길고 짧은 것은 대봐야 아는 것 아니겠습니까?"

일행은 이제 처음 맺어진 공격대이지만 사이가 꽤 좋은 것 같았다.

하진은 이제 얼마간 합을 맞추기만 한다면 완벽한 팀이 될 것이라고 믿어 의심치 않았다.

오늘 있을 술자리에 대한 얘기로 이야기꽃을 피우던 하진의 공격대가 잠시 행군을 멈추었다.

"대장님! 전방에서 전갈입니다!"

"전갈?"

"엘리우드 장군님께서 보내셨습니다! 어서 읽어보시지요!"

하진은 전갈을 가지고 온 병사의 복색을 훑어보았다.

'그을음?'

온몸이 불에 짙게 그슬려 거뭇거뭇한 재가 여기저기 묻어 있는 병사의 몰골은 가히 정상이 아닌 것 같았다.

하진은 재빨리 서신을 읽었다.

가우스트 경에게.

엘리우드 장군이다. 현 시간부로 제1공격대는 영지의 난민들을 데리고 서쪽 에리트 강 유역으로 피신할 것을 명령한다.

순간, 하진은 고개를 갸웃거렸다.

"난민?"

"지금 영지로 반란군이 들이닥쳐 배럭의 모든 병력이 수성전을 벌이고 있습니다! 엘리우드 장군께서 영지의 서문에서 추가 명령을 수행하라고 하셨습니다!"

"반란……!"

하진은 생각지도 못한 상황에 직면하고 말았다.

'이상하군. 원래 시나리오대로라면 칼리어스는 외세의 침략에 의해 격전지가 되어야 하는 것 아닌가? 그런데 어째서 반란군이 일어난 것이지?'

원래 게임의 시나리오대로라면 칼리어스는 분열이 아니라 전쟁에 의해 폐허가 되어야 맞다.

한데 지금은 생각지도 못한 반란이 일어나 상황이 급박하게 돌아가고 있었던 것이다.

해리슨은 하진에게 어서 빨리 서문으로 갈 것을 요청한다.

"대장님! 시간이 없습니다! 어서 피하시지요!"

"제기랄!"

하진은 걱정스러운 표정의 병사들에게 말했다.

"서문으로 최대한 빨리 움직인다! 서둘러라!"

"예!"

아마도 엘리우드는 하진의 병력이 성 밖에 있다는 것을 이용하여 적의 뒤통수를 치는 대신 영지민을 먼저 살리기로 한 모양이다.

과연 지금 얼마나 많은 피란민이 살아남았을지는 알 수 없으나 이것이야말로 엘리우드가 내릴 수 있는 최선의 방책임은 틀림이 없었다.

하진은 병사들과 함께 성벽 서문으로 향했다.

*   *   *

아타스타스 남작령 최고의 격전지 성문에서는 영지군 방어 병력 400명이 1,500명에 달하는 반란군에 대항하고 있었다.

쿠웅, 콰앙!

"크윽! 성문이 곧 뚫릴 것 같습니다!"

"제기랄! 어디서 이렇게 많은 병력이 징집된 것인가!"

"장군, 성문을 버리고 내성으로 대피하는 것이 좋겠습니다!"

엘리우드는 고개를 가로저었다.

"아니다! 지금 우리가 대피하면 가우스트 경이 난민들을 보호할 시간이 없어진다!"

"하, 하지만……!"

"잘 들어라! 우리는 끝까지 이곳을 사수한다! 알겠나?"

"예, 알겠습니다!"

엘리우드는 자신이 가우스트를 기사로 천거할 때부터 지금과 같은 상황을 미리 예견하고 있었다.

전 세계의 정세가 아주 흉흉하게 돌아가는 판국에 제대로 된 기사 한 명 찾기가 하늘의 별 따기이던 칼리어스였다.

그는 올바른 일에 목숨을 걸 만한 기사, 적어도 피란민을 버리고 나 몰라라 도망치는 기사는 아니라고 생각했다.

때문에 일개 병졸에 불과한 그를 기사로 승급시켜 공격대장의 직위를 내린 것이다.

'우리의 유일한 희망은 바로 그대, 가우스트 경뿐이다. 부디 나를 실망시키지 말아다오.'

영지전의 발발로 인하여 내성으로 피신한 인원은 총 3천 명이고 나머지 7천 명 중에서 절반은 미처 피신하지 못하고 죽었다.

그나마 남은 3천 명의 인원이 살아남아 서문으로 피신하고 있었던 것이다.

만약 가우스트가 이들을 보호하지 못하게 된다면 3천 명의 무고한 시민이 학살을 당할지도 모르는 일이다.

그는 끝까지 병사들과 함께 성문을 사수했다.

쿵쿵, 콰앙!

"크헉!"

"성문이 뚫렸습니다!"

챙!

"검을 뽑아라! 육탄전으로 놈들을 막는다!"

"와아아아아!"

병사들은 진퇴양난의 상황에서 죽을 각오로 싸움에 임했다.

아나스타스 남작령 서부 나란트 강변, 3천 명의 피란민이 도시수비대가 구해준 상선에 꾸역꾸역 몸을 싣고 있다.

"어서 올라타시오! 이제 곧 이쪽으로 적이 몰려올 것이오!"

피란민들은 정원 500인의 상선에 한 명이라도 더 올라타기 위해 안간힘을 썼다.

"사람을 더 올려요!"

"안 됩니다! 더 이상 올라타면 배가 얼마 못 가서 침몰하고 말 겁니다!"

선원들은 이제 더 이상 사람들을 싣지 못하겠다고 선언했다.

"안타깝지만 더 이상 사람을 태울 수 없습니다! 돌아가시오!"

"이봐요! 그럼 우리는 어떻게 하란 말입니까? 여기서 다 죽으란 말입니까!"

"별수 없어요! 그럼 이만."

"이런 빌어먹을 자식들! 너희들은 처자식도 없냐?"

"제발 우리 아들만이라도 데리고 가주십시오! 부탁입니다!"

"신의 가호가 함께하시길……!"

선장과 선원들은 그대로 닻을 올려 출발해 버렸고, 사람들은 멀어져 가는 배에 매달리기 위해 안간힘을 썼다.

첨벙, 첨벙!

심지어 헤엄을 쳐서라도 배에 올라타겠노라 물에 뛰어드는 사람도 있었고 배에 매달린 밧줄을 잡고 끝까지 버티는 사람도 있었다.

이런저런 사람들이 많았지만 대부분은 물가에 발을 담근 채 발을 동동 구를 뿐이었다.

우르릉, 콰앙!

어두컴컴하던 하늘이 끝내 비를 쏟아내기 시작했고, 주민들은 망연자실한 표정으로 그 비를 고스란히 맞고 있었다.

바로 그때, 주민 중 한 명이 화살에 맞아 나가떨어지고 말았다.

피융, 퍼억!

"크허억!"

"사, 사람이 화살에 맞았어요! 도와주세요!"

주민들은 쓰러진 사내에게로 달려와서 그의 상태를 살폈다.

"이봐요, 정신 좀 차려 봐요!"

"쿨럭쿨럭!"

화살이 심장을 관통해 더 이상 살기 힘들 것으로 보였다. 하지만 그보다 더 심각한 것은 따로 있었으니, 그것은 바로 피란민들의 옆통수로 반란군이 들이닥치고 있다는 것이었다.

두구두구두구!

"기, 기마대!"

"적군이 덮쳐온다!"

"꺄아아아아악!"

"도망쳐! 어서 도망쳐!"

사람들은 짐을 버리고 사방으로 흩어지고 있었지만 그들을 포위하는 병력을 피해내지는 못했다.

"한 놈도 살려두지 말라!"

"예!"

기마대는 보이는 족족 모든 사람들을 학살하기 시작했고, 강변은 순식간에 핏빛으로 물들었다.

"죽어라!"

퍼억!

"끄어억!"

"흑흑, 아빠!"

"이년, 쓸 만하구나!"

"흑흑, 제발 살려주세요!"

기병들은 남자들은 모두 죽이고 여자들을 마구잡이로 겁탈하고 유린하기 시작했다.

아이들은 전부 밧줄로 묶어 족쇄를 채웠고, 노인들은 일찌감치 모두 다 죽어 그 모습을 찾아보기 힘들었다.

아비규환, 무간지옥의 모습이 딱 이러할까?

반란군은 무자비하게 살아 있는 모든 것을 희롱하고 학살했다.

하지만 바로 그때, 그들의 머리로 심판의 철퇴가 날아들었다.

부웅, 퍼억!

"크아아악!"

"웬 놈들이냐!"

"웬 놈이긴, 저승사자다!"

비상하는 매의 문장이 새겨진 갑옷과 깃발을 든 병사 100명이 반란군의 뒤통수를 친 것이다.

그들의 실력은 그야말로 발군이었다.

"보병, 방어진!"

촤라라락!

"궁수, 화포수, 발사 준비!"

"준비 완료!"

"발사!"

궁수들이 쏘아올린 화살은 아군이 아닌 적군의 머리 위로 정확하게 떨어져 내렸고, 화포가 쏘아낸 마공탄은 거대한 얼음 덩어리로 변하여 날아갔다.

그리고 바닥으로 떨어진 마공탄은 반란군에게 날카로운 파편 덩어리를 선사해 주었다.

콰앙, 슈가가가각!

"크허억!"

"제기랄! 도대체 저런 괴물들이 어디서 나온 거야?"

"추격대장님! 아무래도 후퇴하는 것이 좋겠습니다!"

"저놈들은 겨우 100명 남짓이다! 네놈의 머리는 장식으로 달렸나?"

"죄, 죄송합니다! 제 생각이 짧았습니다!"

"전군, 전열을 가다듬고 다시 진격을 시작한다!"

"와아아아아아!"

*   *   *

하진이 강변에 도착했을 때엔 이미 상선은 떠나고 없었으며, 그나마 남은 인원의 절반이 모두 다 학살당한 상태였다.

병사들은 압도적인 기량 차이로 적군을 단숨에 제압하고 그 수뇌부와 병사들을 포로로 사로잡았다.

100명의 병사 중 가족이 있는 사람들은 다시 전투가 벌어지고 있는 성으로 돌아갔고 나머지 인원은 강변에 남았다.

하진은 추격대장에게 반란군의 계획에 대하여 물었다.

"너희들은 북쪽에서부터 진군해 온 것 같더군. 서쪽에서는 어떤 움직임을 보이고 있지?"

"…국경 수비대가 신성제국의 병력을 이끌고 들어올 것이다."

"국경 수비대마저 변절했다는 소리군."

추격대장은 하진에게 간사한 미소를 지으며 말했다.

"변절이라니, 그것은 어불성설이다. 우리는 혁명의 전사이며, 이 혁명은 나라를 부강하게 만들고 모두가 평등한 세상 속에서 살아가게 만들 것이다."

"미친놈. 그래, 평등한 세상이긴 하겠지. 너희들은 모두 노예처럼 유린만 당하다 결국엔 학살당하고 말 것이다."

"……"

민족의 혼을 팔아 백성들이 안정된 미래를 보장받는 경우는 이 세상 그 어느 곳에서도 찾아볼 수 없다.

하진은 그의 목덜미에 창을 꽂아 넣었다.

퍼억!

푸하아아악!

사방으로 흩날리는 선혈을 바라보던 병사들은 일제히 남은 적병을 차례대로 참수해 버렸다.

"정신머리가 썩어빠졌군. 칼리어스의 상전이라고 떵떵거리던 놈들이 다 이런 사상을 가지고 있었다니, 어쩌면 칼리어스는 애초에 오래갈 나라가 아니었는지도 모르겠어."

"듣기론 재상께서 참수를 당하시고 왕궁이 포위되어 왕권이 피탈되었다고 합니다. 한마디로 옳은 결정을 내릴 왕좌가 반란에 의해 깨져 버린 것이지요."

하진은 더 이상 이곳에 머물 수 없음을 절감했다.

"서부로 간다."

"서부는 사막지대입니다. 그곳에서 사람들이 살아남을 수 있을까요?"

"북부는 이미 신성제국이, 동쪽은 아케인 왕국과 연합국이 차지하고 있다. 남쪽 역시 헤이슨 제국이 점령했으니 우리는 더 이상 갈 곳이 없다. 이 강을 따라서 전진하다 보면 서부로 가는 교두보가 나온다고 들었다. 우리에게 남은 선택지는 이제 서부로 가는 것뿐이야."

서부대륙 황야에서 온 가버는 하진의 결정이 옳다고 말했다.

"사막이라고 사람이 아예 못 살 정도로 피폐한 것은 아니외다. 서부도 서부 나름대로 산림지대가 있고 황야에도 수맥은 흐른다오."

"흐음……"

하진은 가족을 데리러 떠난 병사들을 제외한 나머지 병력 80명에게 물었다.

"나는 굳이 우리를 따라서 서부로 가자고 강권하지는 않겠다. 그저 그대들의 선택에 존중할 테니 떠날 사람은 가족들을 데리고 떠나라."

이곳에 남은 공격대는 대부분 가족이 없거나 이곳에 가족들이 남은 경우였다.

그들은 하진에게 자신의 무기를 바치기로 했다.

"저희들을 이끌어줄 사람은 오로지 대장님뿐입니다. 만약 올바른 지도자가 없다면 우리는 얼마 못 가서 죽고 말 겁니다."

"하지만 이미 군정은 무너졌다."

"이젠 당신이 새로운 군정의 수장입니다."

자신들을 구해준 하진에 대한 믿음이 생긴 것은 피란민들 역시 마찬가지, 이제 그는 한 집단을 이끄는 수장이 된 것이다.

그는 병사들에게 서쪽으로 진군할 것을 명령했다.

"무기를 들어라. 이제 우리는 정착지를 찾아서 떠날 것이다. 고난의 가시밭길이 되겠지만 생존을 위해서 참아내길 바란다."

"예, 대장님!"

하진의 앞에 머리를 숙인 병사들과 백성들의 모습은 신기루처럼 그의 눈가에 잔상으로 남았다.

그리고 그 잔상은 점점 작은 아이콘으로 변해 인터페이스의 한 부분을 장식하게 되었다.

[영지 정보]

군사 보유 현황 : 보병 50명, 궁수 20명, 마공화포수 10명.

인구 현황 : 800/800.

충성도 및 만족도 : 100/100.

자금 : 850골드.

자원 : 식량 150, 목재 50, 석재 10.

무기 현황 : 마공포 10문, 마력탄 150발

하진은 백성들과 병사들이 자신을 따르면서 이제부터 진짜 군주로서 첫발을 내딛게 된 것이다.

'첫걸음을 여기서 떼는군.'

이제 그는 판테리아 최초 방랑군의 수장이 되었다.

제9장
방랑군이 되다

　판테리아 통합력 988년, 칼리어스의 왕위가 바뀌었다.

　레일슨 레발리우스 폰 칼리어스 국왕이 온건파 귀족의 수장 유피란츠 백작에게 목숨을 잃고 난 후 칼리어스 왕국은 유피란츠 왕국으로 국호를 개명하였다.

　이로써 역사상 가장 불운하고 나약했으며 동시에 가장 아까운 인재를 많이 잃은 칼리어스 왕국은 수면 아래로 깊이 가라앉게 되었다.

　구 칼리어스 왕국 서부 국경 지대 인근, 붉은색 군복을 입은 병사들이 소달구지에 짐마차를 매달고 국경 지역을 지나고 있다.

유피란츠 왕국 국경 수비대는 신성제국의 병력이 이곳을 오가는 것에 상당히 민감하게 반응하면서도 그들의 심기를 건드리지 않기 위해 최선을 다하고 있었다.

"정지, 정지!"

"⋯무슨 일이시오?"

"남의 국경 지대를 지나가는데 검문검색은 당연히 받아야 하는 것 아니겠소?"

"검색이라⋯⋯."

붉은색 군복은 신성제국 성기사단 휘하 보병부대의 상징인데, 이들의 전투력은 유피란츠 왕국의 일개 기사와 비슷하다고 알려져 있었다.

지금 서부지대 국경지역을 수비하는 병력은 1천이 조금 넘지만 구역이 무려 30개로 쪼개져 있어 이곳에는 대략 50명 남짓한 병력만 남아 있을 뿐이다.

만약 지금 이 지역에서 전투가 벌어진다면 유피란츠 왕국의 수비대는 꼼짝없이 골육상잔을 당하게 될 것이 분명했다.

성기사단 직속 보병부대는 자신들의 짐마차를 검색한다는 그들의 태도가 상당히 마음에 들지 않은 모양이었다.

"⋯다시 한 번 말해보시오. 뭘 어쩐다고 하셨소?"

"거, 검색을⋯⋯."

"검색은 적에게나 하는 것이외다. 우리가 당신들의 적이오?"

유피란츠 왕국과 신성제국은 상호불가침조약을 맺었지만 일방적인 국경 지대 개방과 광산 채굴권 이양 등의 부수 조건이 붙은 불평등조약이었다.

당연히 유피란츠 백성들의 심기가 불편하겠지만, 신성제국과 전쟁을 벌여 나라가 망하는 것보다는 나을 것이다.

병사들은 어쩔 수 없이 성기사단 보병대에게 한 수 접기로 했다.

"하하, 검색은 무슨! 불가침조약에 국경을 자유 개방한다는 조항이 적혀 있으니 당연히 무사통과가 답이지!"

"그래, 그것이 답이오. 그러니 다시는 우리 병력에게 사소하게 트집 잡지 않았으면 좋겠군."

"…그리하겠소."

대략 80명의 병사들은 짐꾼들과 짐마차를 이끌고 의연한 자태로 국경 지대를 건넜다.

*   *   *

유피란츠 국경 지대 너머 나할린 강 유역 인근, 붉은색 군복을 입고 있던 하진의 공격대가 여행 복장으로 옷을 갈아입었다.

하진은 다친 사람이 없는지부터 확인해 보았다.

"인원은 이상 없나?"

"예, 그렇습니다. 갓난아기가 몇 있긴 했습니다만, 다행히도 때마침 잠을 자는 바람에 무사히 넘어갈 수 있었습니다."

"천만다행이군."

하진은 현재 유피란츠 왕국의 국경 지대를 넘기 위해선 지금의 복색과 신분으로는 절대 통과할 수 없다는 것을 알고 있었다.

그래서 북부지역에서 파견된 성기사단 1개 중대를 급습하여 군복을 빼앗고 남은 인원을 전부 사살했다.

아마 지금쯤이면 없어진 인원을 찾느라고 난리가 나 있겠지만, 이미 하진은 강을 건너려 배편을 알아보고 있다.

하진은 공격대가 가지고 있는 자금을 모두 다 동원하여 배를 구해보기로 했다.

"네이튼, 가버, 나와 함께 배편을 구하러 갑시다."

"나와 함께 말이오?"

가버는 자신을 지목한 하진에게 의외라는 듯이 물었다.

그러자 하진은 자신이 그를 지목한 이유에 대해서 설명했다.

"이곳에서 네이튼과 가버 씨보다 뒷골목 사정에 대해 더 잘 아는 사람이 있겠습니까?"

"하긴, 그런 그렇구려."

특히나 가버는 네이튼보다 훨씬 더 떠돌이 생활을 오래했으니 이런 쪽으론 상당히 머리가 잘 돌아갈 것이다.

하진은 공격대에게 주민들을 데리고 강변 인근 수풀 지대에서 대기하고 있으라고 명령했다.

"소리가 들리지 않는 곳까지 들어가 천막을 치고 있게. 배를 구하게 되면 신호를 보내겠네."

"예, 알겠습니다."

목숨을 걸고 국경 지대를 건너긴 했지만, 여전히 갈 길이 먼 하진와 공격대였다.

세 사람은 나할린의 시가지로 향했다.

나할린은 칼리어스와 서부 대륙 간 교역 허브 역할을 하면서 꽤 많은 양의 재화를 축적한 부유한 항구도시이다.

중앙대륙을 가로지르는 거대한 나할린 강은 서쪽 나시브 해협과 남부 조타린 해협으로 나갈 수 있는 물길을 가지고 있다.

또한 북쪽 카시탄 강을 따라 배를 띄우면 북부 얼음 지대 해협까지 단숨에 도달할 수 있었다.

한마디로 이곳은 동부 해안을 빼놓고는 삼면의 바다와 모두 다 통하는 길목에 위치해 있다고 할 수 있었다.

하진은 나할린 중고 선박 거래소를 찾았다.

딸랑딸랑!

"제4번 매물 나왔습니다! 입찰 들어갑니다! 시작가 10골드입니다!"

만약 이곳에서 통용되는 금화, 즉 골드를 가지고 현실 세계로 돌아간다면 대략 150~200만 원 선의 가치를 갖게 될 것이다.

하지만 빈부 격차가 심한 이곳 판테리아에서 1골드가 갖는 가치는 생각보다 훨씬 크기 때문에 가치는 대략적으로 2~3배는 족히 날 것이다.

한마디로 경매의 시작가가 수천만 원에서 억대를 호가한다는 소리였다.

"가격이 아주 센데?"

"이곳은 상선을 판매하는 곳이오. 일반 나룻배와는 규모 자체부터가 다르다오."

"흐음, 그렇다면 우리가 가진 돈으로 살 수 있는 배가 과연 있겠습니까?"

"우리가 배를 사서 직접 수리한다는 가정하에 보급 물자 조달 비용까지 빼면 얼추 견적이 나오긴 하오."

네이튼은 자신이 병사들 사이에서 들은 소식을 하진에게 전했다.

"언뜻 듣기론 선박기술자도 피란민 중에 일부 섞여 있다니 이 아저씨의 말대로 조금 허름한 선박을 구매하는 편이 낫겠어."

"좋아, 그렇다면 다음번 구매 목록에 돈을 좀 걸어보도록 하자고."

경매장에서 오늘 입찰에 내놓은 물건은 총 20개인데, 그중에서 연식이 오래되고 수리가 필요한 선박이 모두 두 척이었다.

이 두 척 중에서도 공시 시가가 15~20골드 사이라는 배가 한 척 있어서 하진은 관심을 갖게 되었다.

제4번 매물이 200골드에 팔리고 그것이 현금으로 입찰되었다.

"자, 그럼 제5번 매물 경매 시작합니다! 입찰 시작 가 2골드부터 받겠습니다!"

"여기 3골드!"

"자, 3골드 나왔습니다!"

"3골드 50실버!"

"3.5, 3.5 나왔고요!"

"5골드!"

"다섯 개 나왔습니다! 금화 다섯 닢! 나머지 입찰자 없으십니까?"

"6골드!"

"왼쪽 신사 분, 6골드 제시하셨군요!"

"7골드!"

"오늘 매물이 아주 제대로 잘 빠졌나 보군요! 좋습니다, 8골드 제시해 보겠습니다!"

하진은 이때다 싶어서 2골드 추가해서 가격을 불렀다.

"10골드!"

"10골드, 화끈하시군요! 10골드 나왔습니다!"

공시 시가가 15골드이긴 하지만 연식이 30년쯤 된 이 배는 수리할 부분이 많아서 거의 1/3은 가격이 내려간다고 볼 수 있었다.

아마도 하진이 제시한 가격에서 1골드 이상 올라가는 일은 절대로 없을 것이다.

일부러 강수를 둔 하진은 자신의 입찰을 믿어 의심치 않았다.

하지만 그때 변수가 생겼다.

"12골드!"

"오오, 12골드! 확실하십니까?"

"물론이오."

"……."

하진은 갑자기 뒤통수를 얻어맞은 듯 12골드를 부른 청년을 바라보았다.

'저런 기생오라비가……?'

더 이상 이곳에서 지체할 시간이 없는 하진에게 태클은 정말 사양할 일이었다.

그가 다시 손을 들려고 어깨를 움직이자 양쪽에서 두 사람이 만류했다.

"…대장, 진정해."

"아직 시간은 있소."

"하, 하지만 저 기생오라비가……."

"그렇다고 보급 물자를 구매해야 할 돈을 낭비할 수는 없잖소?"

"하필이면 이럴 때……."

이번 입찰은 아무래도 포기할 수밖에 없을 듯싶었다.

＊　　　＊　　　＊

입찰이 틀어지고 난 후 하진은 식료품점에서 보급 물자를 먼저 사서 난민캠프로 가져다 주었다.

이 식량을 가지고 하루 이틀 정도 더 연명하다가 배를 구하면 빠져나간 식량을 채워 넣기로 한 것이다.

하진은 보급 물자를 전달하고 난 후에 다시 마을로 내려왔다. 혹시나 육로로 서부대륙까지 직접 갈 수 있는 방안이 없을까 하는 생각에서였다.

하지만 천 명에 육박하는 인원을 데리고 황야를 건넌다는 것은 어불성설이다.

야크는 사막을 건널 수 없기 때문에 전부 팔아치워야 하고 지금 가진 돈으로 500마리가 넘는 낙타를 산다는 것은 무리였다.

몬스터 레이드에 최적화된 구성으로 사막을 건널 수는 없는 일. 하진은 하는 수 없이 매물이 나올 때까지 기다릴 수밖에 없었다.

하진은 여관 술집에 머물면서 중고 선박 매물이 나오는지 알아보기로 했다.

웅성웅성.

수많은 사람들이 술 한잔 걸치기 위해 모인 여관 '퀼리네스'는 생각보다 정갈한 느낌이 들었다.

상인들이 많이 모인다고 하여 바이킹 축제처럼 시끌벅적할 줄 알았던 하진은 조금 김이 빠지는 느낌이다.

"상인들이라고 해도 별것은 없는 모양이네?"

"이곳은 괄괄한 용병들이 별로 없으니까. 상인들은 생각보다 호전적이지 않아. 배를 타는 사람들이 호전적이긴 하지만 거래를 위해 이곳에 모인 만큼 아주 조용히 지내는 편이라고."

"그렇군."

하진와 네이튼은 막간을 이용해 맥주를 한잔 마시는 중이다.

그런데 하진의 눈에 아까 그 기생오라비가 눈에 들어왔다.

그는 검은색 로브를 뒤집어쓴 노인을 데리고 여관에 들어왔는데, 노인의 나이가 꽤 들어 보였다.

"노인을 부양하는 청년이었던 모양이군."

"그러게 말이야. 이제 보니 노부를 모시고 먼 길을 떠나는 청년인 것 같아."

바로 그때, 화장실에서 물을 빼고 온 가버가 두 사람의 얘기에 끼어들었다.

"아니외다. 저 사람은 평범한 노인이 아니오."

"평범한 노인이 아니다? 그럼……?"

"잘 보시오. 노인의 등이 굽었소, 안 굽었소?"

일흔이 넘는 세월을 영유하다 보면 자연스럽게 등이 굽게 마련이다.

하진은 정확하게 기억자로 굽은 노인의 등을 바라본다.

"굽은 것 같은데요?"

"아니오. 만약 등이 굽었다면 의자에 앉을 때 저렇게 자연스럽게 앉을 수가 없소."

그는 하진의 어깨를 손으로 꾹 누르며 말했다.

"사람의 등이 굽으면 자리에 앉았을 때도 허리가 굽어야 정상이오. 그러니 어깨가 아래로 내려가 약간 꼽추 같은 느낌이 들겠지."

"아아! 생각해 보니 그렇군!"

"그리고 저 기생오라비 같은 화화공자 말이오. 사실은 사내가 아닌 것 같소."

네이튼은 가버의 말에 동의했다.

"그렇군, 언뜻 보기엔 남자처럼 보이지만 연기를 아주 잘하는 여자가 분명해."

"흠......."

"무슨 사연이 있는지는 몰라도 여자가 남장을 하고 다닐 정도면 보통 일은 아니겠지."

"그렇군."

노인과 여인으로 변장한 그들에 대해 얘기하던 하진 일행은 불쑥 열리는 여관 문으로 고개를 돌린다.

콰앙!

"모두 동작 그만!"

"......?"

"입구를 모두 봉쇄해라!"

"예!"

갑자기 들이닥친 국경 수비대 병사들은 다짜고짜 검을 뽑아 들었다.

스르르릉!

병사장은 테이블마다 직접 돌아다니며 양피지에 그려진 몽타주를 들이밀었다.

"이놈아 네놈이냐!"

"아, 아닙니다."

"그럼 네놈이냐!"

"저, 전 아닙니다!"

저돌적이다 못해 무례하기까지 한 그들의 행동은 보는 사람의 눈을 저절로 찌푸려지게 했다.

하지만 하진와 일행이 걱정해야 할 일은 그게 아니었다.

'제기랄!'

그들은 얼마 전 자신이 신분을 속이고 국경을 지나던 때 맞닥뜨린 수비대원들이었다.

몽타주에는 하진와 그 일행의 얼굴이 또렷하게 그려져 있었고, 그림 솜씨 또한 아주 일품이었다.

만약 이대로 가만히 있다간 분명 사달이 날 것이 뻔했다.

하진와 일행은 여차하면 국경 수비대를 처리하고 이곳을 떠야겠다고 생각한다.

"…만약 일이 잘못되면…"

"내가 병사장을 치겠소. 두 사람은 문을 막은 경비병들을 처리해 주시오."

"알겠습니다."

병사들은 테이블을 돌다가 이제 하진와 일행이 앉은 곳의 지척까지 다가왔다.

뚜벅뚜벅.

하진은 온 신경을 그의 발자국 소리에 집중시켰다.

하지만 바로 그때, 의외의 사건이 벌어졌다.

"쿨럭쿨럭!"

"할아버님! 괜찮으십니까?"

"쿨럭쿨럭! 예야, 가슴이 너무 아프구나!"

"어, 어서 물을……!"

"우웨에에에엑!"

푸하아아악!

노인 행세를 하던 남자는 갑자기 미친 듯이 기침을 하더니 이내 피를 뿜으며 각혈을 하기 시작했다.

그러자 주변에선 난리가 났다.

"어르신, 괜찮으십니까?"

"이봐요! 당신의 할아버지, 왜 이러시는 것이오?"

"…지병이 있으십니다! 위스키에 꿀을 넣고 끓이면 그게 약이 된다고 들었습니다!"

"위스키, 위스키를 구해야 합니다! 어서!"

행인들은 재빨리 노인을 부축하여 테이블 위에 눕혔고, 여관의 주인은 부산스럽게 약을 준비했다.

"위, 위스키! 내가 위스키를 가지고 올 테니 누가 꿀을 좀 가져다 주세요!"

하진은 재빨리 손을 들었다.

"내가 가겠습니다!"

"나도 가겠소!"

아무리 국경 수비대라고 해도 사람이 다 죽어가는 마당에 수색을 계속할 수는 없을 것이다.

하진와 일행은 이 틈을 타 재빨리 여관을 빠져나갔다.

그러자 다 죽어가던 노인이 자리에서 벌떡 일어섰다.

"큼큼, 목에 이런 것이……."

"이, 이게 뭐야? 생선가시?"

"주인장, 음식에 이런 대바늘을 넣어놓으면 어쩌자는 거요?"

"……."

어처구니없는 노인의 행동에 국경 수비대는 노발대발해 소리를 질렀다.

"제기랄! 어이, 할아범! 당신, 일부러 그런 거지!"

"아니오. 이 늙은 노신이 무엇 때문에 이런 모험을 하겠소? 가뜩이나 지병 때문에 제대로 돌아다니지도 못하는데……."

"끄응, 제기랄!"

국경 수비대는 계속해서 검문을 펼쳤지만 목적을 이루지 못한 채 돌아서고 말았다.

＊　　　　＊　　　　＊

늦은 밤, 재빠른 신영 하나가 복면을 쓴 채 강변 방죽을 내

달리고 있다.

파바바바밧!

그 신영은 방죽 끄트머리에 도달해 있는 한 무리의 청년들에게 닿았다.

하늘에서 뚝 떨어진 그가 청년들에게 말했다.

"젊은이들, 신세를 졌으면 갚아야 하는 것이 인지상정 아니겠나?"

"당신은……."

그가 복면을 벗었을 때, 청년들은 아주 의외라는 표정을 지었다.

"어, 어라?"

"할아버지가 아니라고 하지 않았습니까?"

"그, 그러게 말이오."

복면을 벗은 사내는 건장한 체구의 청년이 아니라 일흔을 훌쩍 넘긴 노인이었다. 다만 노인의 몸이 어지간한 20대 청년보다 훨씬 더 다부지고 탄탄하다는 것이 특징이었다.

노인은 청년들에게 자신의 정체에 대해 정중히 소개했다.

"나는 전 칼리어스 왕국의 근위대장 와이너스라고 하네."

"……!"

화들짝 놀라는 세 사람에게 노인 와이너스가 물었다.

"이 노신에 대해 들어본 적이 있나?"

"…전설의 검객이라 불리는 와이너스 자작을 누가 모르겠습니까?"

와이너스가 쓸쓸하게 웃는다.

"그래봐야 몰락한 왕국의 기사일 뿐이라네."

그는 청년들에게 물었다.

"지금 그대들이 배를 구한다는 소식을 들어서 잘 알고 있다네. 괜찮다면 나에게 자네들의 얘기를 좀 해줄 수 있겠나?"

"그렇다면 저희들과 함께 은거지로 가주시겠습니까? 그곳에서 말씀드리고 싶군요."

와이너스는 청년들의 제안에 조금 난색을 표했다.

"나도 그러고 싶지만 내가 특별한 분을 모시고 있어서 말이야. 이 근처에서 얘기를 들으면 어떨까 하는데……."

"특별한 사람이요?"

그는 세 사람에게 칼리어스 왕가의 인장이 찍힌 반지를 보여주었다.

"공주마마께서 나와 함께 계시다네. 그래서 배에서 멀리 떨어지긴 힘들 것 같아."

"흐음, 그렇단 말이지요."

"아무튼 자네들이 나와 함께 가주었으면 좋겠어."

청년들은 기꺼이 그의 청을 들어주기로 했다.

"좋습니다. 그곳이 어디입니까?"

"이곳에서 그리 멀지는 않아. 선박 수리공들이 거의 다 수리를 끝내고 배를 강변 선착장에 두었거든."

"알겠습니다. 가시지요."

길을 떠나기 전, 와이너스가 어색한 미소를 지으며 말했다.

"아참, 가기 전에 알아둘 것이 하나 있네."

"예, 말씀하시지요."

"공주마마의 상태가… 썩 좋지는 않아. 그러니 심경을 건드리는 말은 삼가게. 전하를 두고 혼자 도망쳐 나왔다는 충격 때문에 그러시네. 그러니 눈치껏 행동해 주게나."

"물론입니다. 걱정하지 마십시오."

"그래, 고맙네."

그는 세 명의 청년을 이끌고 선착장으로 향했다.

*　　　*　　　*

나할린 제4선착장. 도크에서 막 빠져나온 배들이 출항을 기다리고 있다.

하진은 선착장 내의 상선에 몸을 실었다.

"끼야아아아아아악!"

외부에선 잘 들리지 않았지만 상선 지하 선실에 들어서자 한 여인의 괴성이 들려왔다.

하진의 일행은 이 소리가 바로 세실리아 왕녀의 것임을 어렵지 않게 알 수 있었다.

"…정말 사태가 심각하군."

"그러게. 마음의 병은 의사도 치료하기 힘들다고 하던데 말이야."

이윽고 와이너스는 하진와 일행을 세실리아 앞으로 데리고 갔다.

철컹, 철컹!

자물쇠로 꽁꽁 잠가둔 선실에는 새끼줄로 손발을 묶은 세실리아가 표독스러운 눈을 한 채 앉아 있었다.

"하아, 하아!"

"공주마마, 고정하시지요. 손님들이 찾아왔습니다."

"…와이너스 공! 도대체 나에게 이러는 이유가 뭔가요? 아버지를 버리고도 내가 살아남기를 바라셨습니까!"

"전하께서 바라시던 일이 바로 이것입니다. 그러니 저를 책망하시더라도 외가에 닿거든 책망하시지요."

하진이 보기에 그녀는 지금 아버지를 따라 자살하지 못한 것을 상당히 억울해하는 것 같았다.

아마도 왕족으로서 지금까지 살아 있다는 것이 수치스러웠는지도 모른다.

와이너스는 하진에게 지금 이 상황에 대해 말했다.

"가우스트 경이라고 했나?"

"예, 각하."

"자네들의 난민들이 이 배를 이용한다면 우리에게 큰 도움이 될 걸세. 원래 배는 혼자서 움직일 수 없는 물건이거든."

"그것은 그렇지요. 하지만 공주마마께서……."

"그래, 맞네. 마마께선 지금 사리 판별을 하실 수 없는 몸이시네. 그러니 자네들이 마마께서 제정신을 차리실 수 있도록 해주게. 이 노신의 힘으론 도저히 힘에 붙이는구먼."

하진은 여전히 표독스러운 눈으로 자신들을 노려보는 세실리아를 바라보며 생각에 잠겼다.

그리곤 이내 방법을 하나 찾아냈다.

"좋습니다. 제가 한번 해보도록 하겠습니다."

"경이 할 수 있겠나?"

"정확히는 제가 아니고 저와 함께하는 주민들이 해주겠지요."

"주민들?"

"예, 주민들 말입니다. 주민 중에서도 가장 어린 주민들 말입니다."

일동은 고개를 갸웃거렸다.

몇 시간 후, 하진은 난민캠프에서 엄마를 잃은 젖먹이 아이를 데리고 왔다.

"응애, 응애!"

엄마 젖을 먹지 못해서 굶주리고 있던 모양인지 아이는 상당히 수척해 보였다.

하진은 아이를 세실리아 왕녀 앞에 두었다.

"마마, 이 아이는 엄마를 잃었습니다. 그래서 뒷산 밤나무에서 딴 열매를 쪄서 갈아 먹이고 있지요. 최근까진 야크의 젖을 먹였습니다만, 갑자기 야크들의 젖이 끊기는 바람에 사정이 그리 되었습니다."

"…나에게 바라는 것이 뭔가요?"

"우리 캠프에는 아이를 돌볼 사람이 별로 없습니다. 마마께서 좀 맡아주시지요."

그의 부탁에 세실리아가 불같이 화를 냈다.

"지금 나에게 유모 짓거리나 하라는 말인가요? 그것이 이 나라의 기사가 할 말입니까!"

"지금은 시기가 좀 달라졌습니다. 아이가 죽도록 놓아둘 수는 없는 일 아닙니까?"

하진은 그녀의 팔과 다리를 묶어둔 밧줄을 풀어주며 말했다.

"왕가의 자손이라면 생명을 함부로 여기지는 않겠지요."

"지금 그걸 말이라고……."

"아무튼 잘 부탁드립니다. 그럼 이만……."

그는 세실리아에게 아이만 툭 던져놓고 자리를 떠버렸다.

그러자 그녀의 곁을 지키던 시녀들과 와이너스가 걱정스러운 얼굴로 물었다.

"…정말 괜찮겠나?"

"물론 힘이 드시겠지요. 하지만 아이를 통하여 마음의 상처를 치료하는 경우가 꽤 많습니다. 아이와 정신적 교감만 나눌 수 있다면 자살을 해야겠다는 마음은 버리시게 될 겁니다."

"그렇군."

만약 세실리아가 그릇된 행동을 하게 된다면 와이너스가 직접 손을 쓸 것이고 부족한 점은 시녀들이 잘 보필할 것이다.

하진은 이제 그녀들이 시키는 대로 아기 용품을 구해오고 상황을 지켜볼 요량이다.

*　　　　*　　　　*

늦은 밤, 검은 그림자들이 상선 '에밀리아 호'를 예의 주시하고 있다.

그들은 숨 쉬는 것조차 아끼려는 듯 조용히 입을 열었다.

"이제야 찾았군."

"도대체 얼마가 걸렸는지 모르겠군요. 에밀리아 호가 왜 이런 망국에 있는 것일까요?"

"그야 나도 모르지. 아무튼 우리가 찾는 것을 찾았다는 것이 중요하다."

"휴우, 이제야 좀 마음 놓고 살 수 있겠군요."

검은 그림자 중에서 키가 가장 작은 사내가 말했다.

"좋아, 지금부터 슬슬 강습을 준비하자. 알다시피 에밀리아 호는 만만한 배가 아니다. 터는 데 그만큼 힘들 거야."

"그렇다면 그냥 지금 확 덮치는 것이 어떨까요?"

"그건 안 된다. 잘못하면 이곳 국경 수비대에게 걸려 비명에 가버리는 수가 있어."

"…일이 복잡하게 되었군요."

"별수 없지. 물건을 되찾은 것만으로 만족하자고."

이윽고 검은 그림자들은 선착장에 묶어둔 통통배를 타고 강 중앙에 있는 삼각주로 향했다.

스윽, 스윽.

노를 저어 도착한 삼각주에는 새까만 암막으로 덮어놓은 함 선 한 척이 대기하고 있었다.

그들은 통통배를 함선 측면에 묶어 인양했다.

끼릭, 끼릭!

그러자 암막으로 가려져 있던 천이 살짝 들리면서 검은 해 골 문양의 깃발이 빠끔히 그 모습을 드러냈다. 그들은 해골 문 양의 깃발이 보이자마자 황급히 그것을 숨겼다.

"…조심해라. 배에서나 공포의 검은 해골단이지 육지에선 그냥 어중이떠중이 도적단에 불과하다. 알겠나?"

"예, 두목!"

검은 해골단의 두목은 대략 300명쯤 되는 인원에게 말했다.

"드디어 우리가 잃어버린 에밀리아를 되찾게 되었다. 이제 서러움의 세월에서 벗어날 수 있다는 소리다."

"와아아아아아!"

"선착장에 정박한 배가 떠나면 곧바로 습격을 실시한다."

"예, 두목!"

검은 해골단은 마치 잔치라도 벌일 기세로 기뻐하는 모습이고, 두목은 득의에 찬 미소를 지었다.

『무한 레벨업』 2권에 계속…

초대형 24시 만화방

신간 100%, 샤워실, 흡연실, 수면실(침대석), 커플석, 세탁기 완비

■ 강북 노원역점 ■

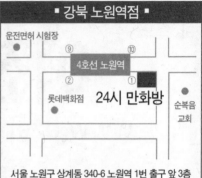

서울 노원구 상계동 340-6 노원역 1번 출구 앞 3층
02) 951-8324 (화용빌딩 3층)

■ 일산 정발산역점 ■

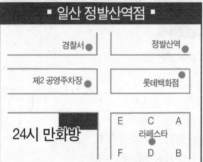

라페스타 E동 건너편 먹자골목 내 객잔건물 5층
031) 914-1957

■ 일산 화정역점 ■

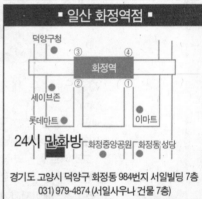

경기도 고양시 덕양구 화정동 984번지 서일빌딩 7층
031) 979-4874 (서일사우나 건물 7층)

■ 부천 역곡역점 ■

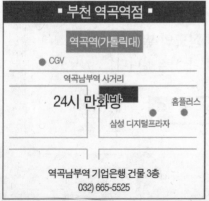

역곡남부역 기업은행 건물 3층
032) 665-5525

■ 부평역점 ■

(구) 진선미 예식장 뒤 보스나이트 건물 10층
032) 522-2871

만상조 新무협 판타지 소설

FANTASTIC ORIENTAL HEROES

광풍제월

천하제일이란 이름은 불변(不變)하지 않는다!

『광풍제월』

시천마(始天魔) 혁무원(赫撫源)에 의한 천마일통(天魔一統)!
그의 무시무시한 무공 앞에 구대문파는 멸문했고,
무림은 일통되었다.

"그는 너무나도 강했지.
그래서 우리는 패배했고, 이곳에 갇혔다."

천하제일이란 그림자에 가려져 있던 수많은 이인자들.

"만약……."
"이인자들의 무공을 한데로 모은다면 어떨까?"
"시천마, 그놈을 엿 먹일 수도 있을 거야."

이들의 뜻을 이어받은 소년, 소하.
그의 무림 진출기가 시작된다.

사력함대 장편소설

FUSION FANTASTIC STORY

2016년 대한민국을 뒤흔들 거대한 폭풍이 온다!

『법보다 주먹!』

깡으로, 악으로 밤의 세계를 살아가던 박동철.
그는 어느 날 싱크홀에 빠진다.

정신을 차린 박동철의 시야에 들어온 건 고등학교 교실.
그리고 그에게 걸려온 의문의 ARS는 그를 새로운 인생으로 이끄는데……

빈익빈 부익부가 팽배한 세상, 썩어버린 세상을 타파하라!

법이 안 된다면 주먹으로!
대한민국을 뒤바꿀 검사 박동철의 전설이 시작된다!

Book Publishing CHUNGEORAM

유행이 아닌 자유추구
WWW.chungeoram.com

연기의 신

FUSION FANTASTIC STORY

서산화 장편소설

GOD OF ACTING

PRODUCTION

DIRECTOR

CAMERA

DATE · SCENE · TAKE

무대, 영화, 방송…
모든 '연기'의 중심에 서다!

『연기의 신』

목소리를 잃고 마임 배우로 활동하던 이도원은
계획된 살인 사건에 휘말려 비참한 죽음을 맞이한다.
그런 그에게 주어진 특별한 기회, 타임 슬립.

"저는 당신의 가면 속 심연을 끌어내는 배우입니다."

이제 그의 연기가 관객을 지배한다!
20년 전으로 되돌아가 완전한 배우로서의
삶을 꿈꾸는 이도원의 일대기!

Book Publishing CHUNGEORAM

유행이 아닌 자유추구 -
WWW.chungeoram.com